三十三號魔屋

孫了紅——著

一去不復返的「食人」靈宅，追尋詭譎的吞噬真相

一篇「魔屋房東訪問記」
在平凡寂靜的萍村引起軒然大波！

平平無奇的三十三號空屋，接連發生難以解釋的現象：
外地來的中年男子，在二樓慘叫一聲後憑空消失；
與母親一同前往的知名女伶，無聲無息失去蹤影。

莫不是屋子潛伏著妖魔鬼怪？這組數字究竟有什麼含意？
村民人心惶惶，彷彿某種陰謀詭計正在背地裡暗流湧動……

目錄

目錄

第一章　問題之屋

那位神祕朋友魯平，生平和字典上的「家」字，從不曾發生過密切的關係。但這一次，他為鄭重其事，親自去租下了一間房屋；租屋，原是一件絕對平常的事，可是後來因這件事而引起的後果，非但完全出乎一般人意料之外，同時也完全出乎魯平本人的意料之外。

魯平所租的屋子，地點是在貝當路的末端。那條路，在這喧囂的都市中，被人們稱為一條有「詩意」的路，那裡的地段，相當幽靜。有一帶新建的屋子，也有一個頗含詩意的名稱，叫作「萍村」。

不過魯平專誠去租那間屋子，並不是貪戀那個地點含有詩意，也不是要在那邊組織什麼家庭。實際上，他租那間房屋，完全出於好奇，也許可以說，這是他的一種「生意眼」。

說起來相當有趣，這萍村落成還不久，村裡的屋子還沒全部租出的時候，村中卻接連發生了兩件奇事，當時頗引起社會上的注意。第一件事，據說有一輛嶄新的流線型汽車，停在村口。車中跳下一名將近四十歲的中年男子，衣著相當華貴，模樣像是政客，聲言要租村中的屋子。那時，村中僅剩下「三十三」和「三十八」這兩間房屋，還沒有出租。於是，房東便領著他看那間「三十三」號的空屋。

當時這中年男子，在這空屋的二樓，逐處細看，逗留許久。房東感到不耐煩，便獨自先下樓。剛走到樓下，忽然聽到男子在樓上發出一聲慘叫，好像是突然遭遇了什麼意外！房東急忙奔到樓上查看，前樓後樓連同浴室，都不見人影，三樓也是如此。真是奇怪呀！一間平凡的屋子，當然不會有什麼「複壁」與「暗室」之類的空間；既然沒有複壁暗室，在光天化日之下，清清楚楚地看著一個人走上樓去，為什麼轉眼之間，會在一間空蕩的屋內突然隱匿不見？

房東把以上的經過，到外面廣播似地宣揚出去，全村居民都感到非常奇怪。有些人認為那名中年男子，是趁著房東不注意的時候，悄然離去的。至於二樓的慘叫，也許是房東聽錯。然而，這個猜想立刻就站不住腳。因為不到一小時，守候在村口的司機就跑來屋裡尋找他的主人。可見中年男子進了三十三號屋以後，並不曾走出村去。憑著這一點，這件事便越加不可思議！

這件不可思議的事情，還不止於此。

第二件事，有對母女到萍村來看房。女兒長得非常俏麗，服裝也很時尚。有一件可注意的事，她身上戴著許多昂貴飾品，令人一望，便感到她身上所戴的東西，也未免太多了。這不像是來看房，倒像有意搬出她的全部珍藏，來參加什麼飾品大賽。

當時，仍舊由房東領看那間三十三號的空屋。房東開了門，讓母女二人走進房後，自己走到斜對面的四十五號房門口，和一名女傭閒談。他們正起勁地談著昨天那件不知結果的怪事，約莫不到十分鐘的時間，只見那名老婦慌慌張張地走來，問他有沒有看到她的女兒。老婦說，她和她的女兒，一同走上三十三號空屋的二樓，又一同走上三樓。然後，老婦打開三樓前樓的窗戶，向外望了一會兒。又走進三樓的浴室，略略察看了一下，前後至多不過四五分鐘的時間，不料一轉身，卻發現她的女兒蹤影全無，不知去向。以上情形，和昨天的怪事，前後如出一轍，這未免太神祕了！

自從這兩件事發生，各家新聞日報也都刊載起這兩件奇事。有一家知名報社，以「萍村怪事」為題；另一家報社，除了刊出怪事，又特載著一篇「魔屋房東訪問記」的文章，內容除將兩天的事件詳盡地記述，又盡可能地加以渲染。這篇文字，比一部偵探影片，寫得更為動人。於是，這前後兩天的事件，吸引了群眾的注意。

先前那名中年男子，其姓名來歷，完全無人知道。他自從在萍村三十三號空屋二樓不見以後，是否從此失聯？這一個問題始終沒有明確的解答。至於第二件事，卻顯然不同。那名女兒，自從在三十三號空屋中突然消失後，她的蹤跡便石沉大海，音訊全無。並且，這女兒的來歷，大家也已經知道，她是一名唱花旦的女伶，藝名叫做白麗娟，在舞台上有相當的聲譽。正因如此，這怪事在社會上，又特別增添了動人的力量。

總之，萍村中三十三號空屋，自此成為一間「問題之屋」。大家走過這間空屋時，會油然產生一種異樣的心理，尤其是住在村裡的人，甚至禁止婦女與小孩在附近逗留。從此，再也沒有人敢去租這間空屋，三十三號空屋便靜幽幽地，關了起來。

第二章　密密層層的疑雲

萍村的事件，迅速地傳到了魯平的耳朵裡。

魯平生平，差不多可以稱為「獵奇」的專家。他的獵奇，具有兩種目的。其一：是為了消遣；其二：這簡直也成了他的「專門營生」。凡是社會上發生了一些事件，不論大或小，只要稍有一些詭奇的意味，在他心目中，便認為這是發覺真相的機會。不過，他的獵奇，也有一個信念。他認為一件事情，初看好像神奇無比，而其結果，往往平常得很。所謂「雷聲大，雨點小」，在他過去的經歷中，幾乎已成了一種定例。至於一件很小的事，憑他宛如解剖刀一樣的智力，一經細細分析，往往會找出比較嚴重的後果。這種例子，在以往有過許多。

萍村事件，在村民心目中，都認為非常不可思議。唯有魯平，這件事並不足以引起他的興趣。尤其第二件意外，他幾乎百分之九十九以上，認定那名女伶白麗娟，在屋裡憑空消失，事實上是自己溜走的。她之所以這樣，不外乎要眩惑大家的眼光——也許，她就是在對一起前來看屋的母親放煙霧彈——像這種事，他認為平常得很，完全不值得耗費他的精力。至於第一件意外，他覺得除了那名中年男子的慘叫，稍微值得研究，其餘種種，也並不怎麼稀奇。總之，魯平對於這所謂萍村事件，在最初，他並不想插手。

巧得很哪！在這時候，恰好有位醫生，忽然囑咐魯平，說他的體力需要靜養一段時間。而魯平自己也感到在過去三個月中，一則閒得發慌，腦子幾乎生了鏽；二則，他也覺得最近他的「生意」實在太清冷，「進帳」似乎有點不夠。他盤算著，不如到這所謂的「魔屋」裡去看看，說不定是門生意。雖然他明明知道，問題的關鍵絕不在那空屋裡面，不過，即使找不出生意來，也可以依照醫生的囑咐，順便在那裡休養一下，也未嘗不可。

打定主意以後，魯平就以「畫家俞石屏」的名義，向萍村租定那幢三十三號的屋子。在第二天早上，他就親自帶著一些簡單的家具，獨自搬了進去。

萍村相當寬綽，在這村裡，共有四十棟三層的房屋，前後排成四個行列。建築相當精美，屋中一切設備，也相當考究。三十三號屋，位置在第三排。這屋子的二三樓的前樓，有著法式的落地長窗，窗外各有一座長方形的陽臺。後半部的亭樓，面積比普通住宅略為寬大一些。這裡也有較為狹小的法式長窗，開窗出去，是一座月牙形的小型陽臺。站在那裡，可以眺望幽靜的村道，和對面第四排的屋子——二三樓的後樓，式樣完全相同。這種結構，大致上和一般的普通住屋，略有不同。

這裡，筆者要向讀者們請求，對於以上的情形，稍稍加以注意。因為，這和後面的故事發展，是有些小小的關係的。

魯平在搬進三十三號屋的第一天，第一件事，就是把上下前後的空間，都細細察看一遍。不出他所料，這屋子絕無半點異狀。他認為一個人會在這種毫無異狀的屋子裡突然消失，那簡直是一種可笑的神話，換句話說，那是絕對不可能且不會有的事。

「哼！這裡面，一定有些可笑的錯誤！」這是他搬進這間屋子時，最初的念頭。

不過，在巡視各間房的時候，有一件小小的奇事，迅速地引起他的注意。

他在三樓亭樓間的地板上，找到了一張撲克紙牌，紙質還很新，顯然沒被人用過。咦？在這間還不曾有人住過的空屋裡，紙牌是從哪裡來的呢？還有一件奇怪的事，這張紙牌的正面，是紅色心形的三點；反面，也是紅色心形的三點。原來是兩張同式的牌，背對背黏合在一起，黏合的手法非常精細，乍看絕不能看出這是由兩張牌所黏合而成。再細看這紙牌，那是用羊皮碾成的紙張所製。他本是一個玩紙牌的「專家」，他一看這東西，就知道這是「808」的牌子，品質非常名貴，價位相當可觀。他想，在每一副紙牌中，並沒有兩張一樣的同花同點，這兩張紅心三點，當然是從兩副牌內抽取出來而黏合成的。假使這裡面並沒有特殊的作用，大概沒有人會從兩副紙牌中各抽一張，而費工夫把它們合併為一張。還有更奇怪的問題咧！這屋子的號數是「三十三」，而這兩張紙牌的點數，恰巧也是「三」與「三」。這其中，會有什麼微妙的關聯？若說並沒有關聯，而僅僅是出於「偶然」，呵！像這種奇異的偶然，未免偶然得太巧啦！

這奇異的紙牌，燃起了魯平的興趣。他的敏銳思想，便開始了忙碌的工作。

可是，至少當下，他對問題的開端毫無頭緒。於是，他暫時把紙牌小心地藏進了一個信封，又把信封鄭重地收進了他的口袋。

當天，他就在撿到這張奇異紙牌的三樓亭樓中，布置了簡陋的臥室，獨自住了下來。

第二天，他獨自走到村口，藉故去找房東。他把一支上好的雪茄，恭敬地送給了這一位魔屋怪事的經手人。那支「上好雪茄」，輕輕撬開了這房東的嘴，於是，他們便開始閒談，漸漸談到了三十三號空屋中的第一次所發生的怪事。

魯平在有意無意之間，把那中年男子的樣貌、衣飾、年齡、口音以及突然不見的情形，逐一問得非常詳細。據房東說，那中年男子在樓上的一聲慘叫，他聽得非常清楚，絕無錯誤。而他在聽到這呼聲之後急急奔上樓去的時間，至多也不會超過十秒鐘。在短短的十秒鐘內，那樣清清楚楚的一個人，竟會突然消失不見——就算是一縷煙吧，也不至於消散得這樣快！這未免太可怕啦！

接下來，他們又談到隔天所發生的事。這第二件怪事，在房東嘴裡，他簡直把那名失蹤的女伶，述說得如同一名穿著高跟鞋在天上閒逛，而一不留神從雲端裡失足滑跌下來的仙女一樣！他一味形容那女子的美麗，其餘，卻茫茫然地說不出一個肯定的所以然來。兩人談了半天，魯平依然感到茫無頭緒。好在他對以上的兩件事，本來就不十分重視。他念念不忘的，是藏在他口袋裡的那張怪異的紙牌。

喂！你們以為那張紙牌的事，很奇怪嗎？不錯！當然可怪之至！可是，比這張紙牌更怪的問題，還在後面哪！

當魯平拜別了那名魔屋怪事的經手人，而從村口回來時，他忽然看到有兩個人，神情鬼鬼祟祟，在三十三號屋後門詭祕地張望。其中一人，是四十歲左右，身材高大的壯漢，戴著一頂深色銅盆帽，穿的是黑呢短大衣，下半身，露出藍布褲與黑皮鞋。此人有一雙三角怪眼，模樣像是一名工頭。

另外一人是青年，穿著藍布工裝皮鞋，面貌也並不善良。

這二人一見魯平向三十三號屋走過來，便同時轉身走開。魯平匆匆奔上二樓亭樓，輕輕推開了法式長窗，悄悄探頭向下張望時，只見這兩個人，向外走了幾步，又轉身進來，對三十三號以及左右兩家三十二號與三十四號的屋子，徘徊探望。他們站了一會，臉上露出焦灼的神色。又見他們細語商量了一陣，第二次又返身向外。魯平一見他們相偕走出去，他急忙自後樓奔到前樓，開窗走上陽臺，不出他的所料，只見這二人，又從後面的村道，走到了前面的村道。

那名穿大衣的壯漢，向那名穿工裝的青年擠擠眼，便走向三十四號屋子的前門去，按了一下電鈴。只聽他高高地喊說：「這裡可是姓王？你們是不是要校對電表？」

「不是，沒有！」一個清脆而帶厭惡意味的女人的聲音，簡單地從那三十四號門上的小方框裡高聲傳送出來。

「咦！你們不是寫信到電力公司來的嗎？」那壯漢一邊說，一邊將一種餓鷹覓食般的銳利目光，從這小方框內飛射進去。那小方框迅速地緊閉了起來。這壯漢又詭祕地向那名工裝青年聳聳肩膀。看這情形，可見校對電表的話，完全是謊話。

這時，魯平又見那名工裝青年，躊躇了一下，似乎要來敲這三十三號屋子的門，恰巧那名壯漢偶然抬頭，和陽臺上的魯平對到眼。這壯漢便立刻閃動著他的三角怪眼，向那名工裝青年投了一個暗示，似乎在阻止他的動作。接著，便見這二人重新又向村口那邊走了出去。

魯平見這二人的情形，覺得非常可疑。他想了想，決定跟蹤他們，準備細看究竟。他立刻走出三十三號屋子，急急奔到村口，他滿以為這兩個人，走得還不遠。不料，他向這幽靜的馬路上兩面一望，早已不見這兩名詭祕人物的蹤影。魯平越想越懷疑，覺得錯失了一個大好的機會，而感到有點可惜。

於是，他喪氣地回到屋裡。他在他的記事本上，把當天所見的事情，詳細記了下來。

為了這兩個可疑的傢伙，引得我們這位神祕朋友，不時踏上這三十三號屋的前後陽臺。

他以一種「哥倫布」站在甲板上面眺望新大陸的熱烈眼光，不時眺望著下面的村道，準備隨時再有什麼新發現。

可是，三天的時間，匆匆過去了，村道始終靜悄悄的，毫無半點動靜。這使他感到這種「守株待兔」的辦法，未免拙劣得可笑。他打算改換方法，到外面活動一下。他正準備出門，又有一個出乎意料的枝節，從另一面岔生出來；這種非常詭異的枝節，立刻攔阻他準備出門的腳步。

筆者在前面一節文字中，曾清楚地向讀者們說明過：魯平在這三十三號空屋中所布置的簡陋臥室，是在三樓後面的亭樓間。推開那兩扇狹長的法式長窗，便是月牙形的小型陽臺。站在這裡向外眺望，目光最易接觸到的，卻是對面第四排屋子的前半部。

這一間屋子的號數，是四十三號。由於季節的關係，二樓的法式長窗，不時敞開。從三十三號屋三樓望向迎面二樓的設置，因為居高臨下，窗內的情形一清二楚。那是一間富麗堂皇的寢室，一切陳設都是百分之九十九的精美。這簡直是一座小布爾喬亞所住的瑰麗耀眼的小皇宮。在這小小的皇宮之中，常常見到的富人，是一名五十多歲的大胖子。看樣子，他就是這間屋子裡的幸運主人。另外，還有一名瘦小的中年婦人，大約就是主婦。

以上的事情，看上去很平常，似乎不值得加以詳細記述。可是，就是因為太平常了，其中卻隱藏了一種不尋常的成分。不信，請看以下詭異的發展。

對面那間四十三號的屋子，二樓的情形記述過了。但是，三樓的情形，又怎樣呢？

那裡有兩扇與二樓同式的法式長窗，多半的時間半開半掩，看不見室內的情形。但魯平有一次，走上屋頂露臺，望見對面三樓陽臺上，安放著一張鐵架礬石面的長方小茶桌，茶桌兩側放著兩張小籐椅。這表示三樓陽臺上，時常有人來休憩。但魯平自從搬入三十三號空屋以後，卻不曾在對面三樓上，見到過什麼人跡。那裡的二樓與三樓，是否為一家所住？也無從得知。

在那兩名可疑的工人到村裡窺探的後兩天，魯平忽然發現對面四十三號屋子的三樓陽臺上，有兩名漂亮的西裝青年，靠著陽臺欄杆，面向自己這裡，指指點點。這兩人的年齡，較長的那位，也不過二十多歲，另外一個，卻還是個十六七歲的學童——兩人臉上，都露出一種特異的神情。魯平起初並不十分在意。但，約莫過了一小時後，只見對面這兩名西裝青年，第二次又踏上了這陽臺。魯平閃身在長窗半邊，隔著玻璃斜視偷看過去，只見這兩人的神情，比之前更顯出詭祕。其中年齡較輕的那位，不時舉手遮著口角，扮出一種奇怪的鬼臉。另外年長的那位，兩手插在褲袋裡，卻時時沉下臉色，向他不住搖頭，似乎在阻止他，不要做出這種怪模怪樣來。

這兩人站在陽臺上，一面鬼祟地談話，一面卻把四道可異的目光，不斷地向魯平這裡飛掃過來。

這一次，魯平發覺到這兩名青年的眼光，並不像先前那樣，只專注看著自己這邊的屋子，同時他們也集中注意力於隔壁三十四號的屋子。

這情形，使魯平忍不住打開了長窗走出去。同時，對面的兩個青年，也正伸手拉窗，預備回到室內。只聽到兩人中年紀較長的那位，用一種慎重的語氣，向年紀較輕的那位抱怨：「你真不小心，差點被你壞了大事！」

後者還來不及回答前者的話，一眼瞥見魯平踏上了陽臺，便呀的一聲叫喊起來道：「哦！你看！三十三號有了人！」

就在這一聲非常驚怪的喊聲中，魯平發覺對面這兩名青年，四顆閃爍的眼珠，正像機關槍那樣向自己身上怒掃了過來。

以上連續發生的種種怪異事件，使魯平的腦海之中，堆起了許多疑雲。連日的事情，姑且拋開第一天撿到的怪異紙牌，暫且不說。在兩天之前，那兩名工人模樣的神祕客，曾跑到這屋子的前後左右，多方窺探。他們不但注意三十三號的屋子，同時也注意三十四與三十二號的鄰屋，這已經非常古怪。不料，今天對面四十三號屋子裡的兩名西裝青年，也有著同樣的怪異情形。照這樣看，這萍村的屋子，不僅僅只有三十三號的所謂「魔屋」，大有神祕意味；甚至，連這前後左右的鄰屋，也都無形地散放一種神祕的輻射！

呵！這未免太古怪了！真的，太古怪了！

第三章　日曆・花瓶・熱帶魚

從那天起，魯平那顆忙碌的腦袋中，又增添了一間新的、小小的「會客室」。在這間會客室裡，他預備拿來專門招待對面屋子中的那些「來賓」。

「新會客室」揭幕以後，果然，魯平在對面四十三號的陽臺上，陸續又發現了許多「新奇」事件·,這所謂「新奇」事件，在一般人的眼光看來，實在不怎麼新奇。略略眺望，也許，任何人都會把這種不值注意的小事，完全忽略過去。但在魯平透視一切的目光中，卻覺得樁樁件件，其中都包含著神祕且不可思議的意味。

有一天，他看見對面三樓陽臺長窗邊的牆上，忽然高掛一本日曆。呵！一本日曆，那也很平常呀！這有什麼奇怪呢？

可是，誰都知道，像日曆這種東西，論理，應該懸掛在辦公室、休息室、畫室或是臥室裡，那才對呀！依照普通習慣，似乎不會有人把這種東西高掛到陽臺的牆上來，是不是？

這是奇怪的一點。

那本日曆，附有一張很大的紙版。這是一家著名的首飾商店中的贈品，印刷非常精美。紙版上的圖案，是用凹凸版，印成「七矮人」圍繞著那名活潑美麗的白雪公主。原來，在這段時期內，本地的各大電影院，正先後上映著迪士尼卡通《白雪公主》。因此，在這新穎的贈品上，才把那些「噴嚏精」、「害羞鬼」、「愛生氣」等等小矮人，全都請了出來。

這些矮人，並不值得驚訝，而可驚訝的事情，卻在另一部分。

細看這日曆上所撕下的一頁，並不是當天的日期，而是紅色阿拉伯數字「3」！

還有古怪的事咧！在那原來印成紅字的「3」之上，另外用鋼筆添上了一個英文大寫字母「A」；而在原有的阿拉伯數字「3」之下，也用鋼筆另添了一個較小的「3」字。這樣，自上而下，便成為「A33」三個字。這上下另添的字，乍看過去，顯得鮮紅耀眼。

呵！這含有無窮神祕的三字，卻掀起了魯平腦內的無限疑雲！他暗想：萍村最初發生的怪事，就在自己住下的這間空屋裡，這屋子的號數，是「三十三號」。進屋子的第一天，發現了一張二合為一的神祕紙牌，這紙牌的正反兩面，數目都是「三點」，而今天對面四十三號的陽臺上，高掛出一份日曆，所撕到的日期，恰巧又是「三號」！這接連不斷的許多「三」字，會是偶然的巧合嗎？不！這可以很肯定地說，不！

既然不是偶然的巧合，那麼，這其間，一定隱藏著一些什麼神祕的事？！

可是，這是一種什麼樣子的事呢？

我們那位神祕朋友——魯平——他生平，自以為他的思想，等於一把專剖神祕事物的剖解刀，任何神祕的難題，都不足以難倒他。然而這一次，這位神祕朋友，竟已陷進了一個神祕的迴圈裡。

總之，他的腦海裡被那些連續發生的神祕數字，攪得有些波濤洶湧了。

當天下午，魯平拿出他的望遠鏡，帶著一團困惑，又踏上了那座月牙形的小陽臺。

他懷抱著一顆物理學者研究物理的熱心，準備在那份古怪的日曆上面，再找出一些可供探索的資料。但他的望遠鏡尚未舉起，失望就立刻迎上了他的眼簾。

呵！可惡！那份日曆，竟收走了！

其實，魯平沒有過分失望。因為，那份古怪的日曆雖已不見，但有另一種好玩的東西，代替了那份日曆。而且，這一個新奇的「代替品」，它出現的姿態與後來的演出，相較日曆，來得更神祕莫測哩！

第二次的陳列品，是什麼呢？

那是一座長方形的玻璃熱帶魚箱。這魚箱裡，除了點綴些熱帶產的海底植物以外，還養著一對「五彩神仙魚」。這小小的一對魚，約有十公分長的圓徑，滴溜圓的身子，圓得像一枚月餅，扁薄得像用紙片剪成的一樣。這的確是一種新奇有趣的小動物。當時，這種魚，曾經在本地一家最大的百貨公司中陳列過，每對有著千元的驚人高價——請讀者們注意：在萍村怪事發生的時期，這千元數字，你可以買下一間小屋，或者換得一個妻子。所以，這的確是一個相當可觀的數目。如今對面這座小皇宮裡，竟然養得起這種身價遠比人類高貴的小動物，看來相當富有。

這熱帶魚箱最初出現在陽臺上，我們這位神祕朋友魯平，除了對它有一些莫名的感慨以外，起初，他並沒特別注意。可是，不久後，他迅速地發覺，這裡面，又有些新奇的花樣發生了。

隔天，魯平一早就踏上那座小型陽臺。只見對面三樓陽臺上，昨天那個較大的魚箱已經收走，而又換上了較小的魚箱。在這較小的魚箱裡，卻也換上了許多嬌小的熱帶魚。

魯平從望遠鏡細細望去，只見這裡面，有「燕子魚」、「太陽魚」、「玻璃魚」、「劍尾魚」、「扯旗魚」以及「霓虹燈魚」等等。呵！真是洋洋乎大觀！

這裡，筆者要請讀者們特別允許我，說上幾句不必要的「閒話」。喂！你們看哪！在這狹小的世界之中，容納著許多不同的小東西，不用說，牠們之間，一定也有許多利害上的衝突！可是，我們從來不曾看到魚箱裡發生過什麼「海上會戰」，也不曾見過那劍尾魚，會向霓虹燈魚，放射過一枚半枚的「魚雷」。牠們之中，永遠沒有轟炸、屠殺等等的瘋狂舉動，牠們是那樣的有禮貌，守秩序。由此可見，這些渺小的生物，牠們的胸襟真是何等的寬闊！而反觀我們這些龐大的人類，相形之下，真是渺小得太可憐啦！

呵！這不羈的筆尖，奔跑得太遠了！收回來吧！

再看這魚箱中的魚，雖然比蟲蟻大不了多少，但牠們的種類，卻都非常名貴。不用說，這一箱魚的代價，當然又是很可觀的。據魯平所知，這種畜養熱帶魚的玻璃魚箱裡，都有調節水溫的設備，並不一定需要陽光與空氣。而對面這戶人家，卻每天不厭其煩地把魚箱拿到陽臺上來，是為了什麼呢？

當時，魯平呆呆望著這距離九公尺以外的熱帶魚箱。忽然，他腦內電光一閃！就在這電光一閃之中，他頓時記起過去一件詭奇而有趣的經歷。

事情是這樣的：

若干年前，他住在某處一間房屋裡，差不多是每天，他瞧見對面一戶人家，把一個小小的玻璃魚缸，高掛到樓窗外面——那時候，還沒有「穿西裝」的熱帶魚哩。所以，我們這些有閒的紳士們，只好玩玩那些古老的金魚——日子久了，他在無意之中，忽然發現這魚缸中的金魚，尾數忽多忽少，每天不同。甚至，在上午與下午之間，也會變換花樣，有時是許多尾魚，像行人一樣，滿滿擠成了一堆；有時，這魚缸裡，呈現一種「宵禁」後的蕭條景象，只剩下一兩尾魚，在那裡淒涼地游泳著。並且，那金魚的顏色，也逐日變換：有時候，滿缸都是黑色的；有時候，滿缸都是白色的；有時滿缸都成了紅魚；也有時候，變為黑、白、花、紅，各色俱全。總之，這一個小小的魚缸之中，內在的幻變，宛如國際間的形勢，迅速而莫測！

當時的魯平，也像眼前一樣，每天從望遠鏡裡，密切注視著這小魚缸中的奇異變化。後來，他確定這嬌弱的生命，一定是被什麼人利用，成為一種暗裡通訊的特別信號。

「有了信號，當然一定有收、發這種信號的人物。」魯平開始這樣想。

於是，第二步，他又從他的望遠鏡中，暗暗注意這些密電的角色。不久，他果然發現「發出」信號的主角，乃是一名年輕美貌的女子，而「接收」信號的一方，卻是一名年輕漂亮的男人。呵！不用說，這對「亞當」與「夏娃」，一定是在進行著一種粉紅色的祕密交涉，那是無疑的。

有一天，魯平望見對方的窗外，又掛出一滿缸的紅色金魚。他根據以往的經驗，知道那是女主角暗約男主角前去幽會的記號。這晚，我們這位世間第一機警的人物——魯平——在暗中守候，等那位男主角先生，一聲動員令下，他便暗自尾隨在後。

他自以為很聰明哩！

他原以為這一次，他以第三者的身分，突然跳上那座祕密舞台，一定會找到一些意外的「外快」。說不定在回來的時候，衣袋裡便可以高聳聳地，裝進許多粉紅色而帶玫瑰香的紙幣。

魯平當時是這樣想的，所以心裡非常高興。可是，世間有許多的事情，所謂

「想望」，畢竟也只成為「想望」而已。這次，他竟帶回一個完全出乎意料之外的可笑結果！

原來，那夜他大搖大擺，直闖「芳鄰」的屋子，前後還不到三分鐘，已被那男女兩位主角，很不客氣地，當他是種「奇貨」，而把他「囤積」了起來！

哈哈！這真像一艘三萬噸的郵船，無端打翻到了小河裡！但，這究竟是怎麼一回事呢？

說出來，真是可笑，原來對面這戶「芳鄰」，在某種性質上，是魯平的「同行」。他們預知魯平住在這裡，又預先摸透了魯平那種專門「趁火打劫」的性情。因此，他們特地為他設下小金魚缸的圈套，「專候」這位「貴賓」。他們預料到這位「貴賓」，見到了這一件神奇的「古玩」，一定要加以「賞鑑」，而且一定會神經質地自投羅網。哈！果然不出所料，這一位自命最聰明的人物，居然輕易地大步踏進了這聰明的圈套！

事情的最後一幕，魯平雖然仍仗著他不可捉摸的機智，安然脫身，並無「損失」——這裡該要聲明：當然！他在回來時，他並沒有收到那些粉紅色而帶玫瑰香的鈔票——但在他的生平史上，卻永遠留下了最可笑的一頁失敗！

讓我再把筆尖從回憶中收回來吧！

這時候，魯平呆望著對方四十三號三樓陽臺上的熱帶魚箱，他不期而然想起這件失敗史。他明知眼前的事，絕不會是「舊瓶裝新酒」，但無論如何，他覺得對方把「日曆」、「熱帶魚箱」等東西，一一陳列到陽臺上去，絕不會毫無作用。

寫到這裡，筆者又要請求讀者注意：眼前的魯平，已不是以前青年時代的魯平。此時，他的年齡已至中年的高峰。他的閱歷已增長，當然他的性情，也不像青年時代那樣「火暴」。為此，他對萍村中所發生的種種怪異事件，並不打算採取急進的態度，他仿效著那些所謂「國際觀察家」，靜觀其變，靜待這事件的自然發展。

又到了隔天。這天，魯平望見村道裡面，推進了一輛百貨公司的三輪送貨車，車子上，載著一對美麗的鸚鵡，連同兩座鍍鎳的架子，停在對面四十三號的門口，還沒半小時，他見這一對鸚鵡，又高高陳列在對面三樓陽臺上。

哈！這一座小小的陽臺，真的，成了一個小小的博覽會了。

這一天的新陳列品，除了那對鸚鵡以外，那熱帶魚箱卻已收去。在那礬石面的小茶桌上，另外又供上了一個精緻的琺瑯磁瓶，瓶內，插著一大簇各色間雜的折枝杜鵑花。

魯平雖然並不是一個蒔花專家，但對於花木，卻有相當的癖好。他細看這些杜鵑花，都是一些難得的品種。他覺得把這好好的盆栽植物，無端摧殘下來插在瓶裡，這未免可惜！他這樣想著，同時腦海裡，陡然又觸發了一種絕對奇異的思想，且這思想，又促使他萌生了無限的疑雲。

原來，他暗忖：自己到這萍村中來租屋，用的是「畫師俞石屏」的名義；這「俞石屏」三字，原來是「魚日平」的諧音，再將「魚日平」三字拼合起來，便成為「魯平」兩字。如今對面陽臺上，第一次，高掛出了一本日曆；第二次，先後陳列了兩個熱帶魚箱；而今天第三次，又有一個花瓶，赫然陳列出來。試將這魚箱的

「魚」，日曆的「日」，花瓶的「瓶」，三種東西合併在一起，豈非清清楚楚，成了「魚日平」三個字！

照這樣看來，自己祕密搬進這萍村裡，難道有人已經知道了嗎？難道對面陽臺上種種新奇的陳列，是和自己有關的嗎？又難道對方這種奇異的搬演，真的和若干年前的小金魚缸，具有相同的作用嗎？

他再仔細一想，不禁又啞然失笑。覺得以上的揣測，未免想太遠，有些神經質。然而，除了以上那種揣想之外，對面陽臺上的那些「日曆」、「魚箱」、「花瓶」、「鸚鵡」以及日曆上的怪異數目，凡此種種，又能如何解釋呢？

魯平最初，以為萍村裡的事件，一定很容易解決，絕不會有什麼難題。不料，一到了這裡，立刻就發生了許多意外，而這些意外，每一件都撲朔迷離，不可捉摸。最可恨的是，眼前明明攤放著許多可供研究的線索，然而自己眼看著這些線索，竟無法加以貫串，甚至要想從這裡面找個比較清楚的輪廓，也無法辦到。

魯平正在霧網裡亂撞，不料，對面陽臺的神奇展演，仍層出不窮。而且，事件愈加神奇——這好像暗中搬演魔術的神奇主角，知道有人正在「欣賞」他的演出，因而特別賣力。

第四章　八張同色同點的紙牌

在那兩名西裝青年站在那裡鬼鬼祟祟談話之後，魯平開始注意對面四十三號的三樓陽臺。到目前為止，這已是第五天。就在這第五天的上午，對面陽臺上，又有一種更新奇的東西，直刺進魯平的眼簾。

所謂更新奇的東西，是許多紙牌，齊整地貼在對面法式長窗左側的牆上。細數這紙牌，一共有十三張，分為三個橫行黏貼在那裡。第一行，共四張紙牌，是：「5」、「A」、「3」、「3」；第二行五張牌，是：「5」、「7」、「A」、「3」、「3」；第三行，又是四張紙牌，是「K」、「4」、「3」、「3」。總共十三張紙牌，其中「三點」的數目，竟占據了六張之多！

最奇異的是：這許多紙牌，一律都是紅色，又一律都是心形的。這十三張紅色心形的紙牌之中，那神祕的「三點」，共計六張。連第一天在三十三號屋撿到的合二為一的一張，這種同色同點的紙牌，前後共已發現了八張。

從這紙牌上面可以見到，對面四十三號的屋子，和三十三號的屋子，兩者之間，必有一種幽祕的連帶關係，那是無疑的了。

可是，當魯平呆望著對面陽臺，想來想去，竟想不出這問題的樞紐是什麼？於是，他把那十三張紙牌的數字，以及排列的方式，小心地抄下來。他索性回屋內，點燃一支紙菸，用心思索起來。

他開始做如下的推測——

他想：第一行的紙牌——5A33四張，也許是暗指一種約會的時間和地點。姑且假定：5A二字，是指早晨的五點鐘（英文以AM二字母代表上午）；33二字，就是指這裡三十三號屋子；那麼，第二行的57A33，連帶可以假定為——由早晨五點鐘至七點鐘。不過第三行的K433四個字，該如何解釋？還有，之前日曆上的A33三個字，又是什麼意思呢？

魯平噴著煙，苦苦地思索。耗費了好多時間，只覺得想通了這一邊，卻阻塞了那一邊；想通了那一邊，卻又窒礙了這一邊。最後，只覺得越想越多阻礙，越想越不得要領。

其次，還有一個最大的疑點，也使魯平非常苦悶，而無法加以打破，就是——對面陽臺總是靜悄悄地，不見半個人影。自從那張怪異的日曆掛出的那一天開始，從此連那兩扇長窗，也不見敞開的日子。至於那名搬演魔術的主角，是何等人物，當然也無緣拜會。這一點，已非常古怪。還有更古怪的是——每逢自己十分注意的時候，對面陽臺上，明明沒有任何人，等自己回到屋內，轉眼間，對方的陳列，立刻變換了新鮮的花樣！這種情形，也是神祕之至！

魯平覺得對方這種神奇的搬演，無疑的，必定又是一種什麼暗號？既是暗號，應有一個接受暗號的對方；而這接受暗號的人，想來也必定就在附近的屋子中。然而非常奇怪！魯平在暗地裡，這樣時時刻刻密切注意，但自始至終，卻不曾在四周屋裡，發現過一個可疑的人物。以上這一點，怪異之至。

我們這位聰明人物，自從踏進了這間三十三號屋以後，他簡直像踏進了一座魔鬼所設的八陣圖，即使用盡心力，仍無法揭開眼前的重重煙幕。不料，一波未平，一波又起。當前的難題，還沒有解決。接連從另一面，又遇到了極堪注意的發展。

這一天下午，魯平在村道裡，忽又瞧見那名工頭模樣的壯漢和那名工裝青年，他們又到三十三號屋附近窺探。當時，魯平站在二樓後面的月牙形陽臺上，他聽到工裝青年向那壯漢說：「這屋子的號數，你沒有弄錯嗎？」只見那壯漢，閃動著三角眼，堅決地回答說：「清清楚楚，瞧見這傢伙，站在這三十三號的樓窗口，哪裡會弄錯！」

這兩人鬼鬼祟祟，指點了一陣，最後，他們帶著滿臉的失望，向村道外面走了出去。

這兩位詭祕的傢伙，第一次來窺探時，魯平就已起了疑心。只因略微遲疑，就錯失了追蹤的機會。今天再見這二人，竟又舊地重臨，魯平打定主意，不能再錯過機會。於是急忙下樓走出屋子，悄然尾隨在兩人身後。

本來，兩人在前，魯平在後，雙方之間有著相當的距離。不料，當他們走過馬路，路旁的紅綠燈，由綠色一轉為紅色，魯平趕不及追上。這樣一來，便就耽誤了好些時間。待他越過馬路時，只見那兩個傢伙，已從容跳上路旁一輛白牌汽車，霎時像箭一般駛去了。看來，他們到這裡來窺探，分明在事前早有精密的準備。

魯平站在路邊，眼睜睜看著他們絕塵而去，一時竟無法加以追趕。甚至，他連那輛白牌汽車的車牌號碼，也看不清楚。失望之餘，他不禁伸手在自己頭上，重重敲了幾下。他恨恨詛咒道：「你這東西，上了一點年紀，竟會那樣的不中用！」

他帶著一種極度懊喪的心理，拖著沉重的步伐回去。剛要進入三十三號的屋子，就瞥見隔壁三十四號的後門口，走出了兩名年輕女子——不！與其稱她們為女子，還不如稱她們為女孩，比較切實一些——前面那位，是學生的裝扮，年齡至多不過十五歲。這女孩的面貌，不能說是美，但有一雙活潑的眼珠，顯得特別的動人。那跟隨在後面的那位，年紀與前者相仿，打扮卻像是個使女。

這兩名女孩，正待舉步向外，忽聽見三十四號門內，有一個中年婦女的聲音，高聲地喊著：「三三！你回來，你爸爸有話和你說。」

這一聲呼喊，幾乎在魯平的耳膜上，刺穿一個洞。他眼望著那學生裝扮的女孩，帶著她的使女，驚鴻一瞥似地回到三十四號屋內。當時魯平站在自己三十三號的門口，一時之間完全呆住！

他暗忖：呵呵！真神祕呀！當前種種問題，已被許多「三」的數目，攪到眼花撩亂。而今天，意外地又發現這鄰屋中的女孩，名字也叫「三三」！照這樣看，這一個關於「三」字的神祕漩渦，竟是無限制地在多方面中繼續擴展著！

第五章　芳鄰的履歷

這天晚上，魯平睡在他臨時布置起來的簡陋床上，腦海裡閃爍著鄰家那女孩的影子，同時，那「三三」二字的芳名，也只顧在他腦海裡盤旋著。因這女孩的名字，使他聯想到了對面陽臺上的神祕紙牌。他嘴裡喃喃不絕地背誦著：

5A33！57A33！K433！

他把這幾組富有神祕性的阿拉伯數字，在舌尖上滾了一陣，無意中，他的腦內，居然像觸電般的迸發出一種靈感！他驀地從床上跳起來，責罵自己道：「你這人！你的年紀說老還不老，但你竟比一頭笨牛還更笨！」

魯平雖然這樣詛咒著自己，但這一晚，他在精神上卻感到了一種打自進萍村以來從未有過的舒暢。

「呵！那一線光明，終於找到了！」他心裡暗自呼喊。

他想，這萍村中的事件，當前種種神祕氛圍，自始至終，一直圍繞著三十三，三十四以及對面四十三這三間屋子。現在，姑且把三十三號中的種種問題，擱置一邊，暫且不論。至於隔壁三十四號，對門四十三號，這兩家「芳鄰」，其中究竟住的是何許人物？這問題，似乎有趕緊追究一下的必要。魯平最初踏進萍村，一開場就被許多推不開的疑雲，重重困住了腦筋，因而對於這個問題，一時竟無暇加以注意。照眼前一看，當前許多問題的樞紐，明明是隱藏在這兩宅鄰屋之中，而自己對這至關重要的關鍵，偏偏視若無睹，反而向黑暗的夾縫裡面無意識地亂撞。細想自己這種愚蠢，豈非不比一頭笨牛更笨？

魯平自從無意之中找到了這「問題的鑰匙」以後，他已胸有成竹。隔天，他便專心一志，開始打聽兩家芳鄰的來歷。讀者們是知道的，魯平一生對於這種任務，的確可以稱為一名科學化的技術專家。因此，他僅僅花費了一天工夫，已把三十四、四十三這兩間屋子中的詳細內容，察訪得非常清楚。

開場，他「私行察訪」的，乃是對面四十三號的這一家。

這一家住戶，乃是時代潮流下的天之嬌子——米商——主人五十多歲，肥得像一頭豬那樣的大胖子。他有一個古色古香的姓名，叫做柳也惠。在兩年之前，還是一條躲在米桶裡無聲無臭的小米蟲。最近，他在動盪的潮流之下，把良心搬了幾次家，居然「撈」到了大把染有血腥氣味的鈔票。於是，平地一聲雷，這小米蟲竟跳出米桶，成了一名資產階級中的人物。同時，他更像「華特迪士尼」筆下的「米老鼠」一樣，一時在社會上，也有了相當的聲譽與地位。

一個暴發的財主，找些物質上的享受，當然，這是載在《聖經》上的天經地義哪！因此，他這一宅小皇宮型的住宅裡，一切陳設布置，都是超過了百分例以上的精緻與富麗。不過，在這一座小皇宮內，人口卻非常簡單。除了那條老米蟲自己以外，他有一個夫人和一個獨生的兒子。這位主婦，雖然間接吸收了民脂民膏，奇怪的是，她卻依然瘦削得和銀幕上的米老鼠一樣！以上這兩位一肥一瘦的賢伉儷，便是魯平在對面二樓前樓法式長窗裡面時常見到的一對。

至於那條老米蟲的獨生兒子，年齡只有十五歲。這一條幸運的小米蟲，名字叫做柳雪遲。這孩子，天生有一種非常怪誕的性情：平常住在家裡——或是在一個習慣的環境裡——他的那種頑劣，簡直超乎理性範圍。但是相反的，一旦遇見了面生的人——或是到了一個不習慣的環境裡——立刻會變得異常溫文，甚至他的局促怕羞的情況，較之同等年齡的女孩，有過之而無不及。

這個獨生的孩子，在那對老夫婦的眼內，看得如同一顆夜明珠一樣。平時，要東要西，第一秒夜明珠開了口，那對「老蚌」便恨不能在第二秒鐘以內立刻給他辦到。即使他要搬取「月宮上的寶盒」——只要可能的話——他們也決計不惜犧牲全部財產，而替他把定單送到德國或美國去訂做登天的梯子！

這住宅裡，除了上述的二老一小三位主人之外，其餘，有一個司機和幾名下人。以上，便是對面四十三號屋中的一篇詳細內容。

其次，魯平又探訪了隔壁三十四號這一家。

這一家的情形，和前者有些不同。這裡並不是一處正式的公館，而是一個非正式的「小」公館。主人，是一個從舊貨業中發跡的財主。他的姓名，叫做梅望止。這位財主，財力中等，而他擁有的夫人，卻有六位之多。住在這裡的，是他第二房的太太。這位二太太，雖然像一艘軍艦那樣，已到達了應退伍的「艦齡」，可是，她在她的半打「同行」之中，依舊是最受寵愛的一位。為什麼呢？原因是：主人梅望止自從和第二位太太結合以後，不久，就增添了「一千金」的流動資金，而他自從增添了這一千金的財產之後，他的命運，從此便像搭上了國際飯店正在上升的電梯那樣，一層高似一層。一直到目前為止，他簡直逐年在他的財產記錄上，增添著舞女們所怕見的記號。

就為了上述的原因，這位舊貨大王，把他這流動式的「一千金」，一直看得如同第二生命一樣。

這女孩子在梅望止的全體的兒女之中，排行應列第三，所以從小的乳名，就叫作「三三」。後來到了上學的年齡，隨著「三三」二字的字音，順口改作了「姍姍」。魯平前一天在後門外所見到的，就是這位嬌柔的女士。她因為身材生得纖小，外表看去，好像只有十四五歲。實際上，她的年齡已到了「應該學寫情書的時期」，告訴你們吧！她十七歲了呀！

這一間住屋裡，除了以上三位主角以外，還有一名年輕的使女，似乎也必須一提。這使女叫做小翠，她是那位姍姍小姐的貼身女侍，同時也是心腹女侍。如果我們要把這位女侍加進一種舊式的喜劇裡，無疑的，她在這喜劇裡，便應取得一個和「翠屏」或「紅娘」相等的位置。

除了以上，另有一點該說明：那位舊貨大王梅望止，每個月中不過到這裡來住上幾天。其餘的日子，他卻把他寶貴的光陰，輪流分配在其餘的五個公館裡。

以上便是三十四號屋中的大致情形。

當時，魯平將上述情形打聽清楚以後，他覺得「梅望止」這個名字，字眼取得相當特別，同時，他又覺得這一個特別的名字，碰到耳膜上面似乎有些熟悉，他彷彿感到自己和這相熟的名字，過去好像有過什麼交涉。

他想了半晌，忽然，他的腦內一亮，竟想起了十年前一則曾經轟動全上海的特異新聞。

呵！那則新聞，的確是件千真萬確的事，而且，它的性質，也的確具有一種詭奇動人的力量！

第六章　神祕的繡枕

筆者可以站在神壇前，向讀者們宣誓：以下所述的事件，絕對不是憑空捏造。以上說過的許多事，當然也不是——讀者如果不信，筆者可以設法找出那張十年前的舊報——那張「中國紳士型」的新聞報——以證明筆者所言不虛！

遺憾的是，筆者對於那則新聞的確切日期，已經有些模糊。同時，新聞主角的姓名，也已記不清。好在讀者們對以上這兩點，一定能夠予諒解。那麼，讓我把這新聞的輪廓，先說出來吧！

十年前，有一個飢腸轆轆的人，某天他花費了僅有的兩塊錢，在一個比他更困苦的人的手裡，買了一個很精美的繡花小枕——實際上，他並不需要這小枕，他買它是出於一念的仁慈——當夜，他把這繡花小枕，放在他的後腦之下，準備試躺看看。不料，睡下未久，怪事來了！原來，在黑暗中，忽然有一種東西，向他展開了「閃電式」的襲擊！

點燃火一照，他立刻發現他的床鋪，已成了一小片的戰場。那裡有許多細小的生物，像「裝甲兵團」似的，正列隊成「鉗形攻勢」，準備向前做「楔形」的衝鋒！

那是什麼東西呢？

那是無數的虱子，向他舉行黑夜的襲擊。往常，他這張床從未有過這種意外的禍患。他知道敵人的據點，一定是在那個繡花小枕之中。細細一看，果然，那枕上還有許多後備的隊伍，正在縫線裡面勇敢地衝出來。

那個繡枕的新主人，氣惱之下，立刻把這些「小型坦克」，悉數掃蕩。他擱高了繡枕，準備再度入夢。然而，暫時的「妥協」與暫時的「苟且偷生」，都無法徹底解決問題。

剛闔上眼，那些像傘兵一樣突如其來的小生物，再度向他發起了總攻擊，這使他又從床上氣惱地跳了起來！

剛開始，他因為這小枕上精美的刺繡——簡直是生平從未見過的精美——因而捨不得實施「焦土政策」，而予以摧毀，但這一次，他卻按捺不住了，立刻把這小枕的外層，憤憤然地拆了開來。

可是這一拆，卻拆出了非常神祕的內容！

讀者須知：一個曲折的故事，需要一種相當的耐力去閱讀，方能取得趣味的收穫。因此，這裡我要請求讀者們，用一種較遠的目光，耐心讀完以下的記述。

當時，那名繡枕的主人，他在這小小的繡枕之中，究竟發現了何等的祕密呢？

原來，這一個神祕的小枕，拆去了外面一層，裡面還有另外一層，而且，這裡面的一層刺繡，較之外面一層，特別細密而精美。在這種奇妙無比的情形之下，他索性像考古學家開發古埃及金字塔一樣，開始更進一步地挖掘。

事情真是愈來愈奇了！

在第二層內，竟還有第三層的刺繡！在第三層上，繡著一幅「群仙祝壽」的圖像。他自出生以來，夢裡也不曾見過這樣出神入化的藝術！呵！說出來，你們也許是不信的！這裡繡著許多人物，都只像豆子那麼細小，男的、女的、老的、小的、肥的、瘦的、美的、醜的，簡直無所不有，而且一個個都是鬚眉畢現，栩栩如生，差不多要跟著縫線中的那些虱子，蠕蠕地走下枕頭，到房間來閒逛一會兒似的。

呵！太奇怪了！太奇怪了！

這神祕的小枕，既有第三層，料想，也許還有第四層吧？果然，拆下去，又有新發現，映進了他驚奇不止的視線。

這樣一層、二層、三層、四層、五層，重重拆卸下去，一直拆到了第九層為止。當然，那小枕的周徑，是一層比一層縮小，而那刺繡的手法，也一層比一層精密；每層有不同色調的圖案；每層有不同字體的頌禱語句。總之，單從外表的九重刺繡而論，那已是一種價值無從估計的寶物。有一點是顯然可見的，就是，這一個奇妙無比的小繡枕，絕不是一個普通的平民家裡所能有的東西。

然而，可驚訝的事還不止於此咧！在最後一層中，他發現了一個鵝黃錦緞包裹——這鵝黃錦緞上也繡著花，那是一種「百福捧壽」的圖案。事後，細數這上面的小蝙蝠，整整一百隻，都比螞蟻還要細小。——這錦緞包裹裡藏著的，是一枚長方形的鏤花小金盒。

料想讀者們，一定急著想知道，在這鏤花小金盒裡，究竟儲藏著什麼東西呢？顯而易見地，在這名貴而嚴密的封裹之內，只放著幾顆夾心巧克力糖，是不太可能會發生的。

請讀者們不用急，且聽我細說下去，好嗎？原來，在這鏤花小金盒內，最後發現的東西，那不是別的，卻是十二顆一式無二的明珠，每顆都像帶殼的龍眼（桂圓）大小。這些珠子，你若脫手把它們放到桌子上，每顆都是那樣頑皮地溜走不定，簡直不肯有一秒鐘的休息。而它們有一種特異的精光，在燈火之下，會使你的眼珠被刺激得睜不開。

當時，那個飢腸轆轆的人，在這種情形之下會產生怎麼樣的情緒？那似乎無須筆者再加以說明。料想，那天晚上，我們這位一向窮困的朋友，已不再能有安穩的睡眠。因此，筆者準備勸告讀者先生們，絕不要羨慕上面那樣的故事。因為無論如何，一個人的睡眠時間總是寶貴且必須的。

人類的心理，非常奇異。由於過度的驚喜，反使那位窮困朋友，疑惑他所獲得的寶物，並不是一種真的寶物。過了一天，他偕同了一個可靠的朋友，到一家可靠的大當鋪中去估價。估價的結果，他們每顆願出三萬元。至於這珠子的價值，他們委實無法加以估計。呵！這是過去十年前的估價哩！在眼前，你如果要獲得這樣一顆珠子，也許需要推出一小車的金幣吧？

以上這一節詭奇的新聞，在當時，轟動了整個社會。聚集於公共場所的人們，都把這件新奇的事情，糖一般的黏到嘴唇上。大部分的人，當然非常羨慕這事，甚至，有些人在想：即使事實上不能獲得如實的幸運，那麼，晚上能做到一個同樣的好夢，那也是很高興的。

社會上的新聞，照例沒有一件能逃過魯平的耳朵。當然，這一件動人的故事，立刻也在魯平耳邊兜著圈子。

起初，魯平推想這神祕的繡枕，一定是從「清宮」裡流落出來的東西。為時不久，魯平憑著他的偵探能力，果然找到關於這個繡枕一紙較詳細的「履歷」。不出所料，這小枕真的曾在宮中，當過一次短期觀光的旅客，並且這十二顆無價明珠，曾和震動一世的「戊戌政變」，有過一段曲折離奇的關係。同時，這些小東西還曾影響被幽囚於「瀛臺」中的光緒皇帝的命運。

真的咧！這裡面含藏著一個具有「歷史性」的大祕密，細細說出來，那是會得到「可歌可泣」的評價的！

這裡，請讀者們注意這些珠子在另一方面的離奇發展。

第七章　電桿上的頭顱

過去是過去了，而未來卻還有待說明。那麼，這十二顆無價明珠的下落，究竟又怎樣了呢？

魯平當時，曾進一步地探訪。據說，這十二顆珠子，其中六顆輾轉落到了本地一個大富豪之手——有人說，這富豪就是那著名的「蕾多花園」的主人周蓮舫——可是這些珠子，身價雖很高貴，實際上卻是一種不祥的東西。那位富豪，自得了這六顆珠子以後，不久就因某種緣故破產了。於是這寶物便又從這富豪手裡，落到一個南京人手裡。

這南京人的姓名，叫做梅放之，他是一個古董商販。此人起先原很困頓，後來，因為結識了一個同鄉的寡婦，靠著這寡婦的一些私蓄，漸漸獲得了順利的發展。

此人買賣古董，具有一種精明活潑而不入正軌的手段：他能把別人手內的東西，在一轉眼間，由真的變為假的；而同時，他也能把自己手內的東西，在一轉眼間，由假的變為真的。他有這套出神入化的手法，於是不久，他利用這不正當的手段，有了意外驚人的成就。

據外界傳說，那神祕小枕中的六顆明珠，落到這位「大魔術家」手內的經過，也是憑著以前一貫的方式。因此，他僅僅花費了少少的代價，便輕而易舉，得到了那無價寶物的所有權。

那六顆寶珠，落到了這南京人的手中，他便請了一名廣東巧匠，用精金打成了六架龍形的座子：六條龍，有六種不同的姿態，而在每條龍仰舉著的前爪之中，高擎著一顆精光奪目的寶珠。不過，他對這件事，卻嚴守著秘密，甚至在最親近的親友前，也矢口否認有這麼一回事。

然而，這一個祕密，卻清楚地傳進了魯平的耳中。

讀者們是知道的，魯平的生平，眼裡容不得一粒灰塵；而耳朵裡面，也不能參雜半粒細沙。何況，這一次竟有那麼大的六顆寶珠，鑽進了他的耳朵！哼！你想吧，這位神祕朋友，他肯安逸嗎？

自從得到了這個消息，我們這位神祕朋友，腦袋立刻啟動了「馬達」。他暗自計劃，盤算著要用什麼方法，才能使那位南京大魔術家，把他這份名貴的禮物，客氣地送到自己的口袋來？

記著，當時魯平的計畫，還只是腦袋裡的計畫咧！不料，這計畫還沒執行前，突然有一個出乎意料之外的消息，迅速地傳進了魯平的耳中。

這消息說：那位古玩巨商南京人梅放之，在一夕之間，竟無端失蹤。一連三天，石沉大海，音訊全無。而同時，本地各大日報上，又刊出了一則駭人聽聞的消息，這新聞的內容說：

在本地姚主教路的盡頭，一根電線桿上，高掛著一顆鮮血淋漓的人頭！有人指認這枚頭顱，正是那位古董巨商收藏了已有好幾十年而每天隨身佩帶著的「天然古董」之一。

從此，梅放之的大名，便不再出現於本地社會。

讀者又需知道，魯平原是一個很機警的人哩！聽到了這個突兀的消息後，起初他也疑惑，這事情也許是一個針對自己而發的煙霧彈。但，繼而一想：這顯然不可能，因為自己的計畫還沒有執行，那位南京朋友並不具有預知的能力，他何至於會窺破自己的祕密，而預先放出這一個具有掩護性的煙霧彈？當然，這是絕對不會有的事！不過，魯平雖然如此想，他對這件事，依舊做了一番縝密的偵查。結果，卻依然毫無線索可尋——甚至，當時偵查的結果，連同那六顆珠子，竟也隨同它們的主人，而一起不知去向——於是，魯平只好對這一件將發動而未發動的「尋寶」計畫，擱置了下來。日子稍久，他更因其他業務的繁忙，把這一筆帳，漸漸地拋到腦後。

以上，是十年前的一本未經清算的舊帳。

眼前，魯平為打聽隔壁四十三號這一家的內容，使他腦內頓時又聯想起了十年前的那件事。他懷疑眼前這個梅望止，或許就是十年前曾把頭顱拿下來高掛在姚主教路電桿上的那個大魔術家——梅放之。一則，梅放之與梅望止，這兩個名字，字音非常相近；二則，隔壁這一家芳鄰，自稱是本地人，可是，那一天他在門口聽到的那名中年婦人的聲音，分明含有南京人的腔調；三則，以前的梅放之，是古董商販，而眼前的梅望止，卻是一個從舊貨事業中起家的人物。這兩種生意，名目雖然不同，實際上卻非常接近。呵！古董，不就是舊貨嗎？因著以上三種疑點，立刻使魯平懷疑，這前後兩個姓梅的人物，或許是一而二的化身！

我們已知，魯平原是一個無孔不鑽的人物，他既起了疑念，便要立刻發揮他「水銀式」的特性。於是，他躲在暗幕之後，特別用心加以窺伺——雖然他在十年前，並不曾見過那個南京朋友——梅放之——的面目，但是，憑著他這水銀式的本領，不出幾天，他便準確地查明：以前的梅放之，與眼前的梅望止，不出所料，果然是同一個人的化身。

他不但偵查到了上述的真相，同時，他另外還查明了兩件很重要的事：其一，他查到當時那個梅放之，無緣無故失蹤，其中果然隱藏著一種詐謀，而這詐謀，又果然是針對自己。原因是：當時自己有一個極親信的「部下」，在無意中，偶然洩漏了自己尋奪珠子的計畫，竟被那名南京朋友，預先得到了情報。他自問絕非魯平的敵手，因而，他竟仿效了烏賊魚的辦法，趕快放出了他自衛的煙霧。

這是魯平在眼前所查明的重要事件之一。

其二，魯平又查明那六顆明珠，內中的三顆，梅放之在兩年前，已祕密脫售給一名猶太巨商；這三顆寶物，又從猶太商的手內，以驚人的巨額轉售給一名專事收羅中國國寶的英國人。於是，這三顆可憐的小東西，從此便永遠脫離了大中華的國籍，而成了漂流於異域的流浪者。至於餘下幸運的三顆，卻一直很妥密地保藏在這南京人的手裡。

以上，便是魯平最近所查得的另外一個重要的消息。

魯平既發掘出上面許多出意外的事，他不禁感到高興。在最初，他到這萍村裡來，只是由於好奇心的驅使。想把這間「魔屋」中的怪事——那男女兩人的離奇失蹤案——加以研究，而揭開它的暗幕。不料，他自從搬進了這間三十三號屋以後，這間所謂「魔屋」，竟真的成了魔屋。在短短的時期內，許多不可解釋的問題，像平民「軋米」那樣的接踵而來。最可疑的是：當前所發生的每一個問題，在問題的本身之外，都有橫生出來的枝節；而每一個橫生出來的枝節，又都是那樣撲朔迷離，不可探究！不過，他所最想不到的，在眼前這一個問題的枝節中，竟會翻到一本十年前的舊帳，細算這本舊帳之中，似乎還有一些利益可圖。這無異一隻烤熟的、又肥又美的野鴨，無端飛上了他午餐的餐桌。像這種上帝賜予的機會，送到了一個「抓機會專家」的手內，喂！你想，他肯輕輕放過嗎？

魯平愈想愈覺高興，當天，他便振作精神，準備進行他的奇妙計畫。

這一天，他偶然走到陽臺上。他望見對面四十三號三樓陽臺上的神祕紙牌，已換了一種新方式：在先前，這紙牌分為三個行列，而現在，卻已改成了兩行。那第一行的式子，依舊是「5」、「A」、「3」、「3」，而第二行，卻已變為「3」、「3」、「A」、「5」。這些紙牌，依舊一律是紅色心形，不過在第二行最後一張「五點」的紙牌之後，又添上了一個問句符號，這符號是由一種五色的碎紙所黏成，大小略與一張紙牌的面積相等。

就在這一剎那，魯平敏銳的眼角中，忽然閃出一種異樣的光華，同時，他的嘴邊也浮上了一絲異樣的微笑。

切實地說，他這一笑，笑得非常神祕而不祥。就在他這一笑之後，萍村三十三號的「魔屋」之中，突然又發生了比之前更恐怖而更不可思議的怪事！

第八章　屋頂上的血漬

出事當晚，事情是這樣的：大約在將近九點鐘的時候，萍村第三條的村道裡，忽然發生了重大的騷擾。當時，每一棟屋子的門口，都簇擁著三個一堆五個一群的群眾，在那裡嘰嘰喳喳地議論。這些人的臉上，滿布著一種緊張而詭祕的神情。並且，每一條疑懼的視線，都投射到了那棟鬼氣森然的三十三號屋子上！

發生了什麼事情呢？

有人打聽，才知這一棟三十三號的「魔屋」之中，竟又出了事情，並且，這一次的情形，比之前離奇而嚴重得多！

原來，在這天，有好幾名人口，又在這一個可怕的地點，成群結隊地失蹤——事後，居民立刻發現這離奇駭人的失蹤事件，又和這三十三號的「魔屋」有關——在失蹤者的名單上，列於第一名的，是三十四號中的幸運女神——那位梅姍姍小姐；第二名，是這位梅小姐的心腹使女——小翠女士；第三名，是四十三號屋中的一顆活的夜明珠——那個年方十五歲的柳雪遲少爺；還有第四名，卻是三十三號魔屋中的單身住戶俞石屏畫師。

現在，讓我們把數目總結一下：一加一，成二；二加二，得四。以上這一小隊的失蹤者，共計竟有四名之多。再算上最初失蹤的無名男子和第二次失蹤的女伶白麗娟，四，再加二，總計是六。呵！可怕呀！在這一間神祕的魔屋之中，連前帶後，竟有六個不同型的人物，活生生地被吞噬了下去！

可是，你怎麼知道，那後來失蹤的四個人，也是被這間三十三號的魔屋，吞噬下去的呢？

別急！且聽筆者細述下去——

先說那四個人的失蹤情形，雖然各不相同，但失蹤的時間，卻前後相差無幾。這是這事件中第一個可疑點。

第一名失蹤者，那位梅小姐，她是萍村附近一所金陵女中的普通學生。一天下午，已過了晚餐時間，她卻還未回家——這是平常從未有過的事，因此，梅小姐的家人，立刻慌張起來，差人到學校中去查問。據說，這天她是請了早退的假，大約在三點半時，早已提前離校。自從那時起，這一位幸運女神的嬌小的影子，便不復再出現於眾人眼前。

其次，那第二名失蹤的使女小翠，她在下午大約四點鐘，梅家有人差她出去買些小東西，自此竟一去不歸。

再說到第三名失蹤的柳雪遲，這一天，他放下了午餐的飯碗，就離家外出。臨行，也曾告訴他的母親，說是約了同學一起去看電影。但事後去問那個同學，卻根本沒有約看電影這回事，並且這一天，那名同學連柳雪遲的面也不曾見到過。

最後一名失蹤者，那情形是更神祕了！新搬進這間三十三號屋子的畫師俞石屏，這人並無家眷，孤零零一人，獨住在這一宅可疑的魔屋之中。左右的鄰居們，在未曾出事之前，對他本已有些訝異。但據他自己說：家眷是在鄉間，一時來不及搬出來，因而自己先搬來住。因為他是孤身一人，所以出事的這一天，他究竟是何時失蹤的？沒有人能夠提供準確的時間。不過，這天晚上，大約在七點鐘左右，有人走過這三十三號屋的後門，曾於一瞥之間，看見這畫師在二樓後面的小型陽臺上，探了探身子——這一名畫師，自從搬進萍村以後，身上一直穿著一套深灰而帶細格的舊西裝；脖子老是戴著那個黑色而蓬鬆的大領結——這好像有意表示出他是從象牙塔內走出來的身分似的——因為有這兩種特殊的記號，所以輪廓非常好認——當時那個走過這屋子的人，就在這畫師在陽臺上探出身子的一瞬間，有聽到畫師清楚地喊出一聲「救命」。不過，那喊聲並不十分高。據事後的推想，那時候，好像在他的身旁，正有什麼人在遏止他出聲，而不讓他有自由呼叫的機會。尤其可疑的是，這人聽到畫師呼喊「救命！」同時，他還聽到二樓的長窗內，有許多哭喊嘈雜的聲音，而這聲音中，包括好幾個人：有一個，好像是很年輕的女子；又有一個，好像是一個男孩或者是將成年的童子；還有幾個聲音，卻聽不清楚。總之，有一點是可以確定的，這許多的聲音，都像是在呼救！當時，這人因為好奇，在這棟魔屋之前，站定了一兩分鐘，準備細聽下去。可是，自從那畫師探身呼叫之後，那小型陽臺的長窗，立刻就緊緊關閉，同時窗內的燈火，也迅速地完全熄滅。一霎時間，那樓寂寞無聲而漆黑無光，簡直像是一座墳墓一樣！

當時，這個經過三十三號屋的人，想到了這棟魔屋裡面過去所發生的種種怪事，再看看當前那種陰氣逼人的景象，立刻，他的背部感到一陣冷水直澆似的感覺，一時只覺毛髮飛立，再也不敢站在那裡，多做一秒的停留。

可是，當前所遇到的事情，實在太奇怪了！他甚至猜想，這是由於自己平時對這屋子的恐懼心理而引起的神經質。因此，他當時並不曾把自己所遭遇的奇事，立刻告訴人。直等兩小時後他聽聞三十四與四十三號兩家都傳出了失蹤人口的消息，他才說出了他兩小時前的經歷。由於這種恐怖的陳述，村民便立刻猜想，那三個人的失蹤，或許又和這棟神祕的魔屋有些關係。

於是，梅柳兩家便急急去查究。他們走到這間屋子的門口，只見裡面既沒有一絲燈光，也沒有半點聲息。用力敲門，也不見裡面有人回應。最後無可奈何，只得破門而入。不料，到了裡面，尋遍了屋子的全部，非但不見半個人影，甚至，這屋裡竟然連半點家具都沒有。呵！這真奇怪之至呀！難道這魔屋中無形的魔鬼，在吞噬下了人之後，竟連家具也一併吞嚼下去嗎？

在這種奇特的情形之下，當然也不能放棄搜尋的工作，大家仔細搜尋，在二樓前後發現有些細小而可注意的東西。

第一件：在二樓的樓梯口，找到了一枝翠綠色沒有筆帽的女式自來墨水筆，筆桿上刻有 M. S. S. 三個大寫的英文字母，這正是「梅姍姍」三字的縮寫。

第二件：連著又找到一只五顆小鑽所鑲成的梅花形別針，它被發現於二樓前樓的門後。經柳家人指出，這是柳雪遲的東西。今天出外時，還見他把這別針，插在他的一條綠色的領帶上。

第三件：在同室的窗檻上，發現半條撕碎了的黑色大領帶；起先，沒有人能指出，這是誰的東西。但後來經過那村口的房東一認，他立刻說，這正是住在這間屋子裡的那位孤身大藝人的特別商標。

除了以上三種極可注意的東西之外，最後找到的，是一小包的絲線，與一小封的繡針，是梅家在白天差那使女小翠出去購買的東西，這兩種東西，是在二樓浴室中的白瓷缸內發現的。

上述許多東西，在這可疑的空屋中被發現後，可以完全證明：那張失蹤名單上的前三名人物，無疑地，他們今天都曾到這三十三號屋裡來，這絕對不容置疑。

可是，經過證明以後，成串的問題卻也隨之而來了。

第一：那三個年輕男女，他們為什麼要到這間魔屋裡面來呢？

第二：他們到魔屋來，是自動而來呢？還是被迫而來呢？

第三：假定說是被迫而來，那麼，逼迫他們的是誰？用什麼方法，逼迫他們的呢？

第四：他們到了空屋之後，現在，又到哪裡去了呢？

第五：這屋子中的主人——那第四名的失蹤者——為什麼也不見了呢？

第六：以上這一小隊的失蹤者，眼前，他們還是活著，還是已經死了呢？

第七：這間魔屋裡面前後所發生的種種鬼氣森然的事件，究竟是出於人為呢？還是，真的有什麼無形的魔鬼，在那裡作祟呢？

以上種種問題，當時任何一個最聰明的人，都不能提供一個比較接近的答案。

總之，一切的問題，簡直都已成了最神祕的問題！

然而，我還要請讀者們定定神，讓筆者再報告你們一件最恐怖的怪事！

當時，那群「魔屋探險者」，在這可疑的空屋之中，自一樓搜尋到二樓，自二樓搜尋到三樓，最後，又自三樓，搜尋到屋頂的露臺上。

這裡，有一些東西，鑽進了手電筒的光圈以內，人們一見之下，簡直要做惡夢做到睡不著覺！

快說！這是什麼哪？

首先被發現的，在露臺的一隅，被拋擲著一顆枯乾的貓頭，牠全黑且用香料薰過；凶醜的一雙貓眼，在手電筒的光線之下還像活的一樣！這東西，很像是一種未開化的黑人們所崇奉的妖物！是誰把牠遺留在這神祕的空屋裡呢？此外，還有咧！

在一個種植盆景用的腰圓形的瓷盆子——這是這間屋子裡所遺留的唯一器物——裡，有著一些黏性的液體，細看，啊呀！那是血呀！這瓷盆的底部，有一個漏孔，使這可怕的血液在光滑的水泥地上，流成了一大灘。在這漆黑一片的所在，有幾個人腳下已踐踏到了許多。以上所發現的事物，足以使人渾身冷戰。然而最可怕的東西，還並不在此！

在血液尚未流乾的盆子裡，有一個小小的東西，刺進許多人顫慄的視線。膽大些的人，拿起來一看，那是一枚兩公分多長的連齦脫下的帶血牙齒！當然，這絕不會是人類的牙齒。但，卻也並不像是獸類的牙齒。呵！這是什麼動物的牙齒呢？呵！這就是魔鬼的牙齒嗎？

「呵！快逃哪！」有一個膽小的傢伙，這樣狂喊了一聲。他帶奔帶喘，連滾帶爬地逃出了這可怕的屋子！

第九章　珠子換珠子

萍村三十三號屋中，最初發生的兩件怪事，因為日子漸久，所留給人們的印象已逐漸消逝，差不多再過些時，便要達於淡忘的程度。可是，自第三次的事故發生之後，全村的居民對於這棟魔屋，立刻又恢復了先前那種恐怖的心理。並且，這一次的情形，比之前更加嚴重，村內有幾個神經衰弱的人，甚至積極地向家人們提出了立即搬家的建議。

不過，村內其他的居民，他們只是惶惑不安而已，而最感到心驚肉跳的，當然要數到三十四號與四十三號身歷其境的兩家人了。那個柳大胖子，每一想到那空屋中的血漬和怪牙，他全身的肥肉塊塊都會飛舞起來！可是他卻完全沒有想到，在過去，他自己也是每天磨尖了齒牙，在啃嚼人家的血肉。

自從這驚人的颶風，出乎意外地襲擊進了這兩家以後，這屋中的一切人事物，差不多感到每一方寸的空間，都充滿了觸人的芒刺；而一秒鐘中，也都在增進火燒一般的焦灼。這樣，整整一晝夜，匆匆過去了。雖然人們努力搜查，但結果卻像一顆最細小的石粒，投進了最遼闊的太平洋內；同時也用盡了燒香、許願、占卜、測字，以及其他種種可笑可憐的演出；至於報警、登報、懸賞等等必要的舉措，當然，那更不用說。

警探自從接獲了這驚人的報告，自然也迅速發動了他們的「偵查」，可是所謂偵查，結果也只「偵查偵查」而已，暫時不能有多大的幫助。

光陰先生不管人世間有許多疾苦，它只顧拔腿飛奔。匆匆間，三天又過去了。在這三天之中，四十三號中那個專門吸取他人膏血而營養自己貴體的柳大胖子，已急得三天沒有吃好一頓飯。嘿！在平時，他習慣以那種絕食的懲罰，施予廣大的群眾，而這一次，他卻把這美味的「餓刑」，慷慨地賜給了他自己！料想起來，這幾天他大約已沒有那種安閒心緒，再去衡量他的體重，假使他有興致，到磅秤上去站一站的話，他一定會發現他的滿身肥肉，至少已有十磅重的損失。好在他身上的脂肪，並不能算是他個人的私產，就算損失一些，似乎也不重要。

至於三十四號中的梅望止呢？自然，也有相同的情形。這位素來善演魔術的舊貨大王，平常，他自稱是一名儒教信奉者。至此他卻連救主耶穌，與先知穆罕默德的聖號，也拉雜地拖到嘴邊，而喃喃唸誦起來。

其中彷彿有點「天意」咧！似乎這位舊貨大王所應受的精神刑期，不如那條殘酷的米蟲所應受的懲罰那樣長久，因為在第三天的下午，一個天大的喜訊，竟插著翅膀，先飛進了三十四號的屋子。

這一天，有一個男僕自外喘息地飛奔進來，報告梅望止說：「隔壁三十三號中那個失蹤的畫師，突然回來了！他專誠要來拜會主人！」

這一個意外而突兀的消息，無異於鐵塊，在這位南京朋友的胸口上重重撞擊了一下。他驚疑而又欣快地暗忖：這畫師是和自己女兒一起失蹤的人，現在要來求見，顯然地，一定帶來了什麼意外的消息。他不細加考慮，在急驟的心跳之下連說「快請！」

小而精緻的會客室中，那神奇的畫師俞石屏，挺挺胸，昂然地走了進來。

這位從象牙塔裡搖擺出來的人物——他像他其餘的「同行」一樣，一臉都是藝術大師的色調——他身上，依舊穿著那套灰色細格的舊西裝，胸前依舊掛著那個註冊商標式的蓬鬆大領結。衣衫雖老舊，神采卻很軒昂。他宛如銅像般在這屋子中央尊嚴地一站，神氣上，好像表示他就是這間屋子中的高貴的主人！

「唷！俞先生回來了！沒有受驚嗎？光顧鄙處，有何見教？」主人梅望止，睜大了雙眼，竭力表示恭敬，但恭敬之中，分明帶著一種迫切與困惑。

「請梅先生垂恕冒昧！鄙人專誠造府，想替令嬡姍姍小姐做一個媒！」訪客絕不考慮，乾脆地回答。

訪客的開場白，是這樣的突兀可怪！使這位舊貨大王，感到非常的惶惑，他簡直猜不透這人是何用意？但這神奇的畫師，似乎早已看透他的心事，所以不等他開口發問，立刻自動接口道：「令嬡千金，經鄙人屈留在舍下，一切平安，請你放心！」

訪客說出了這一句話，無異在這南京朋友的耳邊，冷不防地放了一個炮仗！這位舊貨大王不覺呆怔半晌。定定神，漸漸他對這事，已經明白了幾分真相。他不禁圓睜著兩眼，把一種火焰似的怒光，射到了訪客的臉上，他且顫且怒地說道：「你把我女兒，留在你家裡，這是什麼意思？」

他又盛氣地問：「你是什麼人？」

這時候，主客雙方的情形，可說非常有趣，也非常特別。在主人方面，那神情是萬分的緊張，好像他整個軀體，一時變成一輛噴火的坦克車，準備向對方沖過去。可是，訪客的狀態，恰好和他完全相反，他簡直鎮靜得和一塊樹立在「齊格菲防線」後面的鋼板一樣，只是巍巍然地，不動半點聲色。

只見他悠然走近一張桃花木的小圓桌。在那裡，安放著敬客的紙菸和精巧的打火機。他斯文地自動取出了一支菸，還用一種驕傲的目光，細看了一下這紙菸的牌子。在他滿意之後，才以一種熟練的手法，撥動那個打火機，點燃紙菸。

他一面悠悠然地噴著煙霧，一面，他找到了一個舒適的座位，溫和地坐了下來。

那位盛怒的主人，眼看他這種安閒的神氣，一時只覺迷離恍惚，彷彿是在做夢。

訪客吸暢了免費的紙菸，才又開口。他說：「哦！你要問我是誰嗎？請看！」這一位素來精明強幹而善演魔術著稱的南京人梅望止，當時，他一看到這訪客的左耳，立刻像遇到了蛇蠍一樣，只見他的額頭，迅速分泌出了一層薄汗，同時他兩眼之中，也透露一種不可掩飾的惶恐。原來，在這短短一瞬，他立刻回憶起十年前的那件舊事。

他盡力抑制著他的驚惶情緒，低聲地喊：「你是魯平！」

接著他又自言自語，喃喃地背誦：「哦！俞——石——屏——魚——日——平，魯平！」

在這喃喃數說之際，他的心頭，簡直感到了一種不可名狀的沮喪。他自己抱怨他自己，為什麼這樣一個神祕可怕的敵人，搬到自己隔壁，而自己卻分毫不覺。

那位神奇的訪客，似乎不讓他這可憐的沮喪，在他腦內留得太久，以致引起了生理上的妨害。因之，他又開口了。

他點點頭說：「不錯！梅先生的記憶力很好，你想起來了吧？」

「你是何來意？」舊貨大王帶著顫動的聲音。

「乾脆些說吧！我已綁到了你的幸運女神的票，我想和你算算十年前的那本舊帳！」

「那麼，條件如何呢？」梅望止在這種突如其來的惡劣情勢之下，知道命運之神，已在他的額上，抹上了一些煤炭。無可奈何，他只能硬著頭皮，吐出一種屈服的探試。

「我清楚地知道，在你手內，還留著三顆繡枕裡的寶珠，你分兩顆給我，交換你的一顆『活的明珠』。你說這個交易，公平不公平？」訪客毫不客氣，這樣爽脆地開了價。他又補充道：「我的生平，素來不做不留餘地的事。你把兩顆給了我，而你自己，仍舊留著兩顆，其中一顆還是活的。我們雙方利益均等，大家算是不吃虧。不過，你要弄清楚，我的生意，一向是不二價的！」

「如果我立刻去報警呢！」這舊貨大王明知自己的道法，絕非對方敵手。但這敵人，一開口，就要吞下他的兩顆無價明珠，這如何使他不痛心？因此，他忽然鼓起最後的勇氣，提出了這樣一句含有威脅性的反抗。雖然他也明明知道，這種恫嚇的探試，於當前這一個神祕的敵人，是萬萬不會發生絲毫效力的。

「那也悉聽尊便！」訪客隨意拋掉了他的菸尾，打了一個呵欠說：「可要我來代打電話？或者代你按一下電鈴？」

一顆手榴彈，投在「齊格菲防線」的鋼板上，其效力，不會比投出一顆生梨大得多。這使這位南京朋友，感到了一種完全絕望的痛苦，他不禁頹喪地說道：「那麼，假使我把兩顆珠子給了你，你幾時交還我的女兒呢？」

「在一小時內！」

「萬一——」

「沒有什麼萬一不萬一！」訪客不容他再說下去，立刻打斷他的話。他再指指自己的左耳，堅決地說，「憑我這個，擔保一切！」

「但那珠子不在我的手上呀！」

「我知道的，當然是在銀行保險櫃裡。要做生意，不妨遷就，我可以在這裡等。」

至此，主客間的會議，似已告了一個段落。這位舊貨大王，眉頭皺得像吞了十斤黃連似的那麼緊。他搖搖頭，嘆口氣，拖著沉重的步伐，無奈地走出室外。

他隨手帶上了門，獨自站在這會客室的門口，默然思考了一兩分鐘，他還在他的腦內窮思極想，亟欲找出新奇的對策，挽救他當前所遇的倒楣命運。但最後，他腦內忽然閃出了那位姍姍姑娘的影子，彷彿愁眉淚眼，正在向他哀求。他不禁倒抽了一口氣，立刻又搖搖頭，走了出去。

主人梅望止離室以後，這裡剩下訪客一人，只見他伸伸腰，伸伸腿，一連打了幾個呵欠，似乎一場小小的交涉，已使他感到非常的疲倦。於是，他索性擺了一種最舒適的姿勢，把整個身子就在軟椅裡面一躺，不到三分鐘，竟呼呼然地睡著了。

在這甜蜜的小睡之中，他做了一個甜蜜的美夢。他夢見自己，把額上的許多皺紋一絲絲細心地剝下來，放進收納衣服的箱子裡，於是，轉轉眼，他已變成一名青年大學生。身上，穿的是筆挺的西裝，襟邊還綴上一朵淡綠色的康乃馨花。他正在一個幽靜的咖啡座內，和一位嬌小的麗人，密密地談著心。他在恍惚之間，好像把一個精緻的小錦盒，偷偷塞進這麗人的纖手，做了一種博取歡心的賄賂。那名可愛的天使，輕輕打開盒蓋，只見其中乃是兩顆無價的寶珠。那奪目的光華，恰巧鑲嵌進了兩枚淺淺的酒窩裡。

他這個美夢，做得並不短哩！所以，等他醒來之後，真的有兩顆無價的明珠，在他面前，閃爍地發著光，射進了他模糊惺忪的睡眼。

他懶惰地伸手抹抹他的眼角。他把這兩顆明珠，托在手掌之中，細細欣賞了一會兒。隨後，用一種東方紳士式的謙恭，溫和地把這兩顆珠子，連同那兩個黃金龍形的座子，再加上外面的紫檀小盒，一起「照單全收」，收進了他自己的口袋。

他又舉起一種安慰小孩似的視線，憐恤似的看看那個神情喪沮的主人，他伸出一個指頭，簡單地說了一句話道：「一小時內！」說完，整理他的商標式的黑色大領結，一鞠躬，便向主人告辭。他走到門口握住了那個槌球，忽又轉頭補充了一句話道：「做媒的事，我們再談。」

會客室的門砰然關閉，這裡寂寞地留下了那個舊貨大王，呆呆地望著那扇室門，如同做了一場噩夢。

訪客的信用相當可靠。自他離去萍村三十四號屋，前後還不到四十分鐘，就有一輛黑牌小型汽車，駛到了萍村村口，從車中跳躍下來的，正是這三十四號屋中的一顆會開口的明珠——梅姍姍小姐，跟隨在她背後的，是她的心腹使女小翠。

在汽車裡，是誰把她們送回來的呢？關於這，當時始終無人知道。

主要是，全村的人，他們見這兩位小女神，依然是那樣活潑而愉快，簡直沒有絲毫異樣的神色。

所不可解的，事後梅家人，曾向她們幾番追問，怎會無端走進那間三十三號的屋子？是誰帶她們進去的？在離開三十三號屋以後，又逗留在什麼地方？那位姍姍小姐，對於以上種種問句，卻始終保持政治家式的緘默，甚至她還哭鬧，禁止小翠吐出半個字。

第十章　一張破天荒的米票

到了第五天早上，那四十三號屋子，也傳來消息。

這一天清晨八點鐘，柳大胖子經他夫人催逼著，匆匆洗過一下臉後，照例，便要親自出馬，去查訪兒子的消息。

他正要出門，忽然壁上的電話鈴響了起來。大胖子拿下聽筒，一聽，只聽到對方發出一種輕蔑的語氣，問道：「喂！你們那裡，是不是米蟲柳大塊頭的公館？」

大胖子正心情不好，一聽到這種不客氣的問句，不由得一團怒火。他正待痛罵幾句，掛斷這電話，沒想到他還來不及出聲，對方的子彈竟先從電線上面寄送了過來。只聽到聽筒裡面，接連又惡狠狠地罵道：「喂！是不是？說呀！豬頭！」

這種客氣的開場白，也是少有的事情！因此，反倒使柳大胖子感到訝異。他索性忍住了氣，耐心地聽下去。

打電話的對方，對於罵人，似乎有著一種特別的嗜好。話筒又傳來一連串鞭炮道：「喂！豬頭！趕快說呀！是不是！如果是，你們的小米蟲有話要說！豬頭！

聽得到嗎？」

柳大胖子聽到「小米蟲」三個字，這當然是指他兒子。一陣心跳之下，他只覺得滿身的肥肉，一時都飛舞了起來！

他連忙顫聲答應：「是——是的，是——是的，我正是米蟲！我——我正是柳大塊頭呀！」

大胖子心忙口亂，他忘了自己的忌諱，口不擇言地回答。

「豬頭！你等一等！」

話筒裡沉默了。這一等，足足等候了五分鐘之久。五分鐘其實也不算長，可是，在柳大胖子的心裡，無異是受到了五年的徒刑。還好！話筒裡又有聲音了。

「爸爸！你救救我啊！」這分明是他兒子柳雪遲的聲音。對方一開口，就帶著哭腔，這使柳大胖子的一顆心，幾乎在胸膛裡跳起草裙舞來！

「你為什麼不回來呀？」柳大胖子急迫地問，聲音幾乎要哭！

「我不能回來！」

「你在哪裡？」

「我不敢說，他們不許我說！」

「我怎麼救你呢？」

「我快要餓死了！我要吃飯！」

「吃飯？我不能把飯從電話筒裡送來給你呀！難道他們不給你飯吃嗎？」

「他們都吃不起飯！」

「胡說！飯有什麼吃不起的！」

「聽他們說，因為米價太貴，所以吃不起！他們還說，因為米蟲搞鬼，米價還一天天的飛漲。照這樣子，我一定要餓死了！」

說到這裡，話筒裡清楚地傳來了一陣哭聲。

「該死！」大胖子心痛至極，不覺脫口罵出來道：「這些黑心的畜生，為什麼把米價抬得這麼高？！」

「是呀！這些該死的畜生，為什麼把米價抬得這麼高！」

話筒裡忽然換了一個聲音，像山谷的回聲那樣重複他的話。接下來，有一陣咯咯怪笑，直刺上大胖子的耳膜，那電話便「嘟」一聲掛斷了。

結果，這一通電話，卻毫無「結果」。這使柳大胖子感到非常的困惑。他簡直不明白，對方打這電話，究竟有什麼用意？若說是綁票吧？為什麼不開價？若說是復仇吧？他自問生平，並沒有什麼仇人。若說是有人開玩笑吧？但在電話裡，又明明是兒子的聲音。

大胖子夫婦倆，在一種坐立不安的情況中，度過了難熬的上午。一到下半天，那莫名其妙的電話，又再次打了過來。這一次的情形，仍和上午一樣。大胖子抓著話筒發抖，他哽咽地求兒子快說出所在地點，但他兒子只說「他們」不許他說。又問：「他們是誰？」話筒裡只說「不知道！」

一連三天，那奇怪的電話竟先後打來八九次，每次通話的情形，幾乎像留聲片那樣，成了一種印板的方式。最初，必是那個陌生的口氣——這陌生的口吻漸漸也熟悉了——開口便豬頭長，豬頭短，痛罵一氣。罵過了癮，接連便是他兒子的一串哭訴，說是沒有飯吃，快要餓死了！最後，仍是一陣咯咯刺耳的怪笑，結束了這場無結果的通話。

當然，他也曾費盡心機，去追究這電話的來源，但卻查出對方打電話的地點，都在公共場所，而且每次的地點也時刻變換而不固定。等到追過去，打電話的人早已不知去向。這情形，使警探界也感到束手無策。

可憐哪！這三天之中，大胖子夫婦倆，如同走進地獄，每分鐘都在忍受著最難熬的酷刑！有人在背後說，照這樣子折磨下去，不久之後，他身上所「囤積」的脂肪有盡數「脫售」的傾向，甚至，他還具有一種悲壯慷慨的以身「殉孝」的可能！

但是，全能的上帝，祂自有著「上帝式」的道理，祂似乎還要留下這樣殘忍的人物，在這殘忍的世界上，做些殘忍的事業，以添加殘忍的史蹟。因此，到了隔天——這是柳雪遲失蹤後連頭帶尾的第七天——有消息飛來了。

這一天，有一位穿著綠衣服的先生，把一封掛號信件，投進了這四十三號的屋子。

這封信，由一雙震顫的肥手把它拆開。只見那信紙上，有許多行極潦草的字跡，寫道：

米蟲先生：

聽聞你曾經把你的良心，屢次送進垃圾場。因此，在時勢的大動盪中，得了不少意外的收穫。料想你身上的脂肪，近來必定是更加豐富了。

我這裡一開口，就提到你的發財，你一定不會痛快地承認。不過，我在寫信之前，早已清楚查明：單單你在某一處的倉庫裡，已有一千包以上的白米囤積。「生意人」是喜歡保守祕密的，所以，其餘的「貨色」，還是不必說吧！

遺憾的是，我又打聽到，你的米大概因為儲藏不善，所以有一部分已經發霉。你想吧，屋內有著過剩的米，而屋外卻有著過剩的餓殍，你看這個情形合理嗎？不過，這情形你是不會知道的；即使知道，你也不會有什麼感想的，是不是？

有許多快要餓死的人，都來包圍我，要我救救他們的命。慚愧！我自己也是一個窮鬼，我實在沒有辦法。因為不忍袖手旁觀，我只能向有錢有米的人商量。於是，我把令郎，請到了我家裡。

我一向是個「善人」，手段並不像你們這些富翁一般的毒辣！所以我並不打算查抄你的全部財產。我只希望你能把存放在某倉庫裡的米，拿出二分之一，去救濟那些捧著肚子沒有人理的「餓狗」。當然！在富翁高貴的眼裡，他們根本不能算作「人」！

你把你的白米捐出來，我也把小米蟲送還給你。公平交易，童叟無欺，你看好不好？

你如不能同意上項的辦法，那我只能委屈令郎，把他當作一張長期的「米票」。以後，我指派那些「餓狗」，每天排隊到府上吃飯，直到米價平賤到他們吃得起飯的時候為止！

以上兩項辦法，你喜歡採用哪一種？我／們這裡，「做生意」非常遷就，一切任從「客」便。窮忙得很，恕不多談。謹祝「加餐」！

這一封信的結尾，直截痛快，留著如下八個字的署名——

綁匪最高首領魯平

在原信之外，另附有一張信箋。整張紙上，只寫著兩句話，乃是：

親愛的父親：

請你立刻答應這個要求吧！這攸關兒子性命！

兒雪遲

柳大胖子一看，這正是他兒子的親筆。不過，信上的「性命」二字，起先原寫著「終身幸福」四個字，後來塗抹去了，另改成現在的兩個字。

大胖子伸著肥手，抓著這兩張信紙，心頭不住狂跳，一時不知所措。

你們想，一條向來以米為命的米蟲，眼睜睜看著他一座相當高大的米山，要被人推倒，這是一件何等心痛的事？可是，他再看看他兒子那封向他哀求的信，又使他一顆隱痛的心，不得不無條件地屈服。

兩天以後，各大日報的封面，都刊出了一則引人注意的鳴謝廣告，這廣告占有二十行的篇幅。標題是以下的幾個字：

中華義賑會鳴謝柳也惠大善士，慨助賑米五百石！

就在各日報上刊出這鳴謝廣告的這一天，時間約在上午八九點鐘，萍村村道之中，照例來了賣報人。只聽他拖著那種聽慣了的悠長調子，高唱著各種報名。隨著賣報人的高唱聲，遠處嗚嗚地，駛來了一輛汽車。

對萍村居民而言，這是一輛有些眼熟的汽車。車子駛到村口，便停了下來。車門打開，從車廂裡一躍而下的，正是四十三號中那個失蹤已久的十五歲少年柳雪暹。看神氣，他是那樣的高興。當他順手關上車門時，還向車中那個穿著舊西裝的司機，親熱地點了點頭，同時，雙方都露出了一種友好而善良的微笑！

呵！活寶貝回來了！

萍村四十三號屋子中，每一個角度，每一方寸空氣，都充滿著一種無可形容的悲喜交集的氣氛，那情緒是無法加以描繪的。

柳大胖子原以為他這夜明珠般的兒子，挨了這許多天的餓，受了這許多天的驚恐，面龐一定要消瘦許多。哪知，看他的神情，反而比離家前更活潑了些。待大胖子定定神，父子二人，便開始了以下奇異的問答：

大胖子先開口問：「那一天，你為什麼要到三十三號屋子裡去呢？」

答：「我並沒有到那裡去呀！」

問：「並沒有去，你的鑽石胸針，怎麼會在那空屋裡呢？」

答：「我並不知道這件事呀！」

問：「那麼，他們是用什麼方法，把你綁去的呢？」

答：「什麼綁去不綁去？我不明白這話！」

問：「你不是被人綁票嗎？」

答：「我越弄越不懂，我並沒有被人綁票呀！」

問：「既然沒有被人綁票，那這幾天以來，你在哪裡呢？」

答：「我在一家旅館裡呀！」

問：「你在旅館裡做什麼呢？」

答：「在等候一個朋友哪！」

問：「是怎樣的朋友呢？」

答：「是以前的同學啊！」

問：「這同學姓什麼？叫什麼呢？」

答：「他——他——他——」

這奇異的問答，進行到這裡為止。只見這位柳雪遲公子，不知為了什麼緣故，竟表現出他素常那種怕羞的個性。大胖子眼看他這寶貝的兒子，低著頭，漲紅著臉，無論如何，再也不肯回答半個字。

以上的情形，恰好和三十四號中那位姍姍小姐最初回家時的情形，如出一轍。

柳雪遲有兩個年輕的表兄，他們和讀者們，是有過一種「初會」的交情——那就是這四十三號三樓陽臺上的那兩個漂亮的西裝青年——事後，他們曾偷偷向柳雪遲探問：「你既沒有被人綁票，為什麼附回來的信，要請求你的父親，答應那個要求呢？」

柳雪遲回答說：「那封信上的要求，卻是『另外的一種要求』呀！」

兩個表兄又問：「所謂『另外的要求』，又是一種什麼要求呢？」

這最後的一個問句，無異沉重的石塊，頓時又把這柳雪遲的頭顱，壓低了下去。於是，這一個不可解釋的疑問，終於成了一個不可解釋的疑問。

然而，讀者們都是非常聰明的。料想，你們對此疑問，必然已獲得了一種適當的解答。

第十一章　空屋中的記事本

萍村三十三號魔屋裡面所發生的種種離奇事件，最初，真像一種北極的暴風雨，它的來勢，是有些嚇人的。可是，唯其來得迅速，它的消逝，也是迅速得可笑。以下所記，就是風雨收歇時的情形。

不錯，在讀者們的心目中，截至目前，你們對於以前許多神祕的事件，必然還留著許多暗影。譬如說——

第一件：那三十三號空屋中最初發生的怪事——無名男子的突然消逝——那是怎麼一回事呢？

第二件：那女伶白麗娟的失蹤，其前因與後果，又怎麼樣呢？

第三件：魯平最先所發現這空屋中的那張古怪的紙牌，有些什麼含意呢？

第四件：兩度到三十三號屋來窺探的壯漢和那工裝青年，和這間空屋，又有什麼樣的關係呢？

第五件：三十三號對面四十三號三樓陽臺上所發現的紙牌、日曆以及其他種種神奇的現象，這其中，含藏著何種的意味呢？

第六件：那以後發生的四件失蹤案，是怎樣發生的呢？

第七件：還有——

呵！細細計算一下，可以提出的問題，似乎還多著咧。不錯，以上種種不可解的問題，是應該由筆者負責，予以詳明解答。為了要解答以上的種種疑問，這使筆者不得不把筆尖，重新指引到最初發生這些問題的三十三號空屋中去。

關於三十三號屋中第三次發生的怪異失蹤案，一共四個角色，其中的三個，已經安然回來了。那麼，還有第四個角色——那個曾經一度出現在三十四號屋子中的畫師俞石屏——他最後的下落，又怎樣了呢？結果，他是否再回到他的三十三號屋中去呢？

關於上面這個問題，答案是「不」！而且，從此以後，這位神祕畫師的影子，不復再出現於萍村諸人的眼前。可是，他在那所神祕的三十三號空屋之中，卻遺留下了一宗小小的物件，提供一把解釋所有疑問的鑰匙。

那是一件什麼東西呢？那是一本小小的記事本。

在那一本紋皮面的精美小冊子上，有許多頁已被撕去。留著的，卻是寥寥幾頁。這留下的若干頁，用自來墨水筆寫著細小的字跡。從這裡面，你可以找到關於萍村三十三號空屋中所發生的種種疑問的解答——我們說得動聽一點，以下的文字，我們可以稱之為「劇盜魯平的身邊文學」。然而，強盜畢竟總是強盜哪！所以，你若要把這些文字和一個「執筆的專家」去比擬，那你一定會大失所望。因此，我想請求讀者，放棄「文學」上的「欣賞」，而單看這小冊子裡所記的事實吧！

在這小冊子中，有一節這樣寫道：

（上略）誰都知道：任何一個人，觀察外界的種種事物，腦力萬萬不宜太遲鈍。腦力太鈍的結果，自然隨時隨地，會使你遭受「碰壁」的教訓。反過來說，一個人的神經，也不宜太敏銳，神經如果過於敏感，也有「鑽牛角尖」的危險。本人（魯平自稱）自信，生平對於任何一件事，從未吃過腦筋遲鈍的苦，但有好幾次，就因神經質的緣故，受到太可笑而太不可恕的教訓。

像最近所遇的萍村事件，就是眼前一個最好的例子。

萍村三十三號屋的事件，一般的群眾對於那一男一女的失蹤，都認為神祕離奇不可解釋——本人最初，也有這種傾向——其實，這事情的內幕，揭穿了，真要使人啞然失笑，甚至認為不值一笑。

據本人探訪所得，最初那件離奇失蹤案的真相，事情是這樣的：

第一次來看屋的中年人，他的姓名，叫做王仲浩。以前，他是政海中的一名小官僚。依據我們中國傳統的習慣，「官」和「錢」，有著一種必然性的連繫，而「錢」和「女人」，也有一種必然性的牽涉。這名小官僚，原是本地一個優閒的有錢人。這一次，他到萍村來看屋，是因為新娶了一房姨太太，故而親自來找藏嬌的金屋。那一天，他在三十三號二樓前樓，看了一會兒，後來，他又走上後面月牙形的小陽臺。他正眺望之際，忽然在下面村道之中，出乎意料之外地看到了一個人。

這人是一個工頭模樣的大漢，卻是他在許多年前所結下的一個勢不兩立的死仇。他的死仇，早已關進了監獄，並且，已判定了無期徒刑，萬無脫身出外之理。如今不知為何，竟會突然現身於自己眼前。他知道自己和這死仇，一旦見了面，生命在呼吸之間，就有極度的危險！當時驚懼之際，不知不覺，竟發出了一聲恐怖的呼喊——他的呼聲，是那樣的銳利，在一所無人的空屋中，當然特別刺耳——於是立刻引起了樓下房東的注意。房東既聽到這一聲破空而來的呼喊，以為二樓的訪客，出了什麼意外，因而急忙趕上樓去，想看看究竟。這一下，雙方卻引起了絕對可笑的誤會。

原來，二樓的中年訪客，他在陽臺上，望見村道裡的死仇——那個工裝大漢——腳下穿的是皮鞋。這時忽聽到樓梯上面傳來一陣急驟的皮鞋聲，他在萬分惶懼之中，誤認為他的死仇，已經破門而入，要來取他的性命！一時情急，便立刻閃在後面一室的門後，姑且暫作掩蔽，而可笑的事情，便也由此發生。

那房東匆匆上樓，他先在前面的房中匆匆一望——在這空無一物的屋子裡，當然用不著細看——接著，他又推開後面房的門，向內約略一看。當然他是萬萬意想不到，就在這一扇門後，會有一個四五十歲的老孩子，正和他鬧著「捉迷藏」的把戲！當下前後察看，不見訪客的影蹤，那房東的心裡，已經感到有些奇怪，因為他明明聽到那一聲銳利的呼聲，為什麼短短時間，就不見人影？

他在驚疑之中，立刻又匆匆趕上三樓去查看。這其間，又造成了第二個絕對可笑的錯誤。

當這房東踏上三樓樓梯時，同時那中年訪客，從二樓輕輕開門，躡手躡腳下樓。當時，一個是匆匆上樓，一個是悄悄下樓。在一上一下之間，恰好演成了小孩子們捉迷藏時你「找」我「藏」的遊戲，這真是一種非常可笑的事情。

再說，那中年訪客既下了樓，便逕自開了三十三號屋的前門，偷偷地向外走。他在慌亂之中，來不及知會守候在村口的司機，而從村後另外一個出入口裡，悄然溜出了村外。

其後，那個房東既細細搜尋三十三號屋全部房間，因為始終找不到訪客的蹤影，當然引起他極度的驚駭。而且，在一小時後，那個守在村口的司機，又來尋找他的主人，這更顯見訪客自進三十三號屋後，並未走出屋外。既未走出屋外，顯然是被這棟神祕的空屋給吞噬了下去！於是這事情在重重可笑的誤會下，與那房東口頭過分的渲染之下，交織成一件不可思議的失蹤奇案。

以上，便是萍村三十三號屋中第一次所發生的離奇事件的真相。可是，這第一次的離奇事件，除了上述種種可笑的誤會之外，內幕中，還有一些題外的餘波哩。

原來，那前後兩度偷偷到三十三號屋附近窺探的工裝大漢，就是那個失蹤案主角的死仇。當這工裝大漢，偕同他的同伴——工裝青年，第二次到萍村中來窺探的時候，他們已聽到了這離奇失蹤案的消息。他們雖不相信，一間空洞的屋子，真會吞下一個人。但他們對這可怪的事件，也感到不可思議。他們猜想，這一個突然失蹤的傢伙，或許是乘人不備，躲到隔壁去——那個工裝大漢，對於他這仇人，原是欲除之而後快——他們在別處，既遍訪不獲這仇人的消息，因此，第二次又到萍村來窺伺。這一次，他們不但注意三十三號屋，連帶地同時注意三十二號以及三十四號的兩間屋子。他們以為那個傢伙，也許會從屋頂的露臺上，跳到鄰室，而躲藏了起來。

以上，便是那兩個工人兩度前來窺探的原因。

本人（魯平自稱）最初，因這兩名工人的詭祕形跡，而曾經懷疑他們和三十三號屋中第一次的事件，必有直接的關係。當時因這一點，曾耗費過多腦力，結果卻幾乎走入歧途。眼前真相既白，這兩名工人第一次的失蹤怪事，雖有間接的關係，但實際，他們對那中年訪客的失蹤，正如同大眾一樣，始終也處於暗幕之中。以上種種，便是本人在萍村事件中，第一次所受到的教訓——說得切實點：這便是第一次因「神經質」而受到的教訓！

由於這小冊子的揭發，所謂萍村事件，那第一幕神怪戲劇的內容，至此已揭露無遺，再也不值得加以研討。至於連臺接演的第二幕劇，在那本小冊子裡，也有一節詳明的記述。現在，一併抄摘如下。

在魯平的小冊中，對第二件失蹤案，他是這樣的寫著道：

（上略）女伶白麗娟，自從在大新劇場輟演以後，就下嫁本地著名某富翁。那個富翁又老又醜，原本不是她心目中真正的對象，只因黃金的光彩，炫惑了美人的心眼，於是，雙方在「錢袋」與「臉袋」兩種互相需要的供求原則之下，暫時做了一次常見的交易。實際上，這女伶白麗娟，另外擁有一個祕密情人。雙方的熱戀，已達沸點以上。他們曾幾次商議，預備捲了那富翁的錢，一同逃往外地去生活。這策略在醞釀中，還沒有執行。那個祕密情人，他的住處，恰巧在萍村附近。當萍村第一件離奇事件發生的時候，正值他們逃亡的計畫，將達成熟階段。那天，這女伶的情人，聽到了萍村的怪消息，忽然想到了一個新奇的投機方法。他想借這絕妙的機會，若能使白麗娟，到這間魔屋中去，親自投下一個煙霧彈，那必定能使那個老醜的富翁，和其他群眾，暫時移轉一下目光，而使他們獲得一個從容潛逃的掩蔽。於是，那個祕密情人，便要白麗娟特地在第二天，專誠到萍村三十三號屋中轉一轉，這無疑提供一個特寫鏡頭，故意引起觀眾的注意。隨後，他們便依著預定計畫，雙雙遠走高飛而去。至於一同到萍村中來的老母親，當時，雖有許多驚慌的表情，實際上當然也是參與這新奇策略的其中一人。這樣一來，萍村三十三號屋中所放映的神怪影片，到達一個高潮之後，立即又擴展成一個更離奇而緊張的高潮。

以上，是那本小冊子中，第二件失蹤怪案的真相。當然，誰也意想不到，這前後兩件不可思議的怪事，最後竟是這樣一個平凡無奇的畫面。真應驗了魯平最初的預言：

「雷聲大，雨點小。」果然是雷聲太大，雨點太小啊。

除此以外，在那本記事本裡，還夾著兩封信的信稿。這是一種應該把它寫在粉紅信紙上的作品。現在，筆者把第一封信的大意，抄錄如下。從這裡，可以看到萍村事件中的另一種疑問的解答。

這一封信，是由四十三號中的那位十五歲的柳雪遲先生署名，寄給對鄰三十四號中的梅姍姍小姐。信上這樣寫道：

（記事本中原註：信的第一節從略。）

自從上月初，我在陽臺上初次見你，那時你曾向我微微一笑。這一笑，在你，不管是有意，或者是無意，但從此，我覺得我自己，比起從前，像換了一個人。

那一天起，我天天盼望你走到陽臺上來，但我的盼望，一百次倒有九十九次的失望。我只見你們那裡的長窗，每天都關得很緊。我真痛苦，我簡直要哭了。

你是知道的，今年我還不過十五歲，完全是個小孩子。我的膽子很小，我見了生人，會十分怕羞。我雖然盼望你，常常走到陽臺上來，但是你若真的走出來了，我卻又嚇得立刻躲藏了起來。

即使如此，我仍舊用盡種種方法，想引你走到陽臺上來。

我聽聞你們家的傭人說，你很喜歡看「白雪公主」的影片。真的，你自己也很像白雪公主呀！

你記得嗎？幾天前，我找到了一本美麗的日曆，上面印著白雪公主和七個滑稽的矮人。我在這日曆上，做了一個「愛姍姍」（A33）的記號，不知道你有沒有看見？有沒有注意？

我又聽說，你很喜歡花、鳥、熱帶魚，種種的東西。因此，我又常常買了這些東西，陳列在我的陽臺上，希望引起你的注意。

我想盡了各種方法，所得到的只有失望，我太痛苦了！今天，我大膽寫了這一封信，要求小翠帶給你。在星期五，下午四至五時，我在華龍路法國公園門口等你，我想和你做朋友，我有許多話，要和你說。

你不答應我，我只有自殺了。

這一封原信，長得有些嚇人，以上所抄，只是十分之三的內容。這封信的文字與口吻，雖是那樣幼稚可笑，但是細心的人，用心一看，便能看出裡面許多的破綻，並不像是一個十五歲的孩子所寫的。

不錯，這封信，並不是柳雪遲所寫，而是出於「黑暗中的祕書」的代筆——並且，那位祕書先生，寫這封信，他沒有取到柳雪遲本人的同意。

那麼，這一位黑暗中的祕書是誰呢？關於這個問題，這裡不再給出答案，讓讀者們自己去猜想。我想，聰明的讀者們，你們一定能夠猜中——而且，或許你們早已猜中了。

還有第二封信，卻是梅姍姍小姐寫給柳雪遲先生的一封「摩爾登糖」式的信——當然，這也不是那位姑娘的親筆——信上是這樣的寫道：

（原註：稱呼從略。）

聽小翠告訴我，你有許多話要向我說。記得在前個月中，你有好幾回，遠遠跟在我身後，那麼你的話，為什麼不當面向我說呢？

你說我有心迴避你，那麼你自己呢？你為什麼這樣害羞，一見了人，立刻就要躲避？有好幾次，你躲在你們「二樓」的窗幃之後，偷偷掩掩，不知在看些什麼？你能不能告訴我，到底在看些什麼呢？

記得最早的一次，你在三樓陽臺上，拿了幾張紙牌，想要飛到我的窗口裡來。我看你的手法很不行，有幾張飛得太近，落到村道裡去；還有一張，竟飛進了隔壁三十三號的空屋。不知道你飛這種紙牌，又是什麼意思？

明天下午四時，我下課回來，在法國公園門口等你，請你把以上的許多問題，一一告訴我。不知道你能不能來？祝你愉快！

這信的結尾，署著一個「梅姍姍」的名字。

讀者們看到了以上兩封信稿，料想對於四十三號與三十四號兩屋間的關係，已看到了一個大體的輪廓。但，為求事情輪廓更加清晰，筆者且把那本小冊子中所記的一段初戀趣史，一併摘錄如後，以供讀者欣賞。

關於那段小小的趣史，在那本冊子裡，有著如下的記述道：

在戀愛的王國之中，本來常有許多出人意料的史實。提起那對小情人的羅曼史，更使人感到滑稽而可笑。在過去的兩三個月間（他們原是最早搬進萍村新屋的住戶），四十三號中的柳雪遲和三十四號中的梅姍姍，因為住得近，他們在斜對面的陽臺上，雙方不時見面。那時候，這一位將要進入成人階段而尚未嘗試到人生甘苦的柳雪遲，就把一顆人世間最危險的炸彈，輕輕投進了他弱小的心房。他一面對那梅姍姍，燃燒起了一種怒火般的熱戀，而另一面，他因未曾受過戀愛的訓練，他在某種特殊情景之下，總會引起他極度畏羞的特性。因此，他一面想盡各種可笑的方法，想吸引他的意中人走上陽臺，好暫時滿足他的望「梅」止渴的慾望，可是另一面，他見那位女孩真的走上了陽臺之後，他卻又因畏羞的緣故，總是嚇得躲起來。尤其可笑的，在這一個時期之中，他不但對他的意中人，存著一種絕對矛盾可笑的心理，同時，他對四周任何一人，也都存著一種相似畏避的心理。總之，他害怕有人會識破他心房深處的祕密。

為著以上的原因，他每逢搬演著他可笑的玩意時，每次總是預先審慎察看，必定要等四周無人注意，他才開始表演他的神奇魔術；他的動作，簡直像《天方夜譚》中所記敘的仙女一樣，成了來無蹤而去絕跡——本人（魯平自稱）最初，每天只見到戲臺上的道具，而見不到戲臺上的角色，就為了這一個緣故——當時，這一個可笑而可憐的孩子，他還以為他的心事，掩護得非常妥密，絕不會被人識破，卻不知他這種種可笑的舉動，對於周遭的人來說，早已成了一件公開的祕密，甚至連他兩個不常到來的表兄，也把這事情，當作了一件新奇的話題——本人那一天，在陽臺上所見到的兩名西裝青年，便是這位初戀主角的兩位表兄。他們鬼鬼祟祟，指點著三十四號屋，便是在談論著這件新發生的羅曼史。

以上的祕密，卻是本人耗費了兩小時的時間，與兩小疊的紙幣，向四十三號中的司機小金和三十四號中的使女小翠，細細打聽出來的。

除此以外，這小冊子裡，對於對方陽臺上的紙牌，也有簡略的解釋。

這小冊子裡，是這樣記著：

關於那些紙牌，是在起初我認為最不可思議的事情。因此，也耗費了我最多腦力。但是不久，我已找出了其中含義，而這些含義，簡直非常可笑！

最初發現的紙牌，排成三個行列，其方式為「5A33」，「57A33」，「K433」。

原來，它的含義如下：

第一行「5A33」，應解釋為「吾愛姍姍」！

第二行「57A33」，這裡僅較首行多一「7」字，依前類推，當然可解釋為「吾切愛姍姍」！

第三行「K433」，其中含著一個「Kiss姍姍」的諧音。

至於第二次的「33A5」，加上一個「？」的符號，這裡面，明明藏著一個「姍姍愛吾否？」的問句，除此以外，還有什麼深意呢？

由於這小冊子中的種種揭發，萍村三十三號屋中所發生的怪事件，以及鄰近三十四號與四十三號屋中所附帶發生的神祕事件，至此已完全喪失了它的神祕價值。

至於三十三號屋中，後來所發生的事件，聰明的讀者們當然也早已窺破它全部的底蘊，更不勞筆者提出多餘的報導。

最後，吾友魯平會在他這「身邊文學」之中，用一種傷感的筆調，抱怨他的年齡已達老邁無用的階段。他在他這小冊子裡，這樣寫道：

在這萍村三十三號屋的全部事件中，最使他吃苦的，就是當時明明在各方面，已獲得許多線索，這些線索，看著好像一個蜘蛛網，彷彿四面都有牽涉，可是，再看看，又像各有頭緒，各不相關，如同一盤散沙，竟無法貫串起來。而其間最可笑的錯誤，就是誤認三十四號與四十三號兩家鄰屋中的幽默喜劇，和三十三號屋中最初發生的兩件失蹤事件，以為其中必有直接的關係。這一點，自己把自己，深深推進了一種神經質的網羅，結果在牛角尖中越鑽越緊，幾乎無法脫身而出。所以應該承認：這萍村事件，實在是一生中從未有過的可笑失敗。

好了！關於這小冊子中的記載，筆者打算抄到這裡為止，不再占據更多的篇幅。可是，在這全部事件之中，另有短短的幾句話，必須加以補充。

這裡應該請讀者們耐性讀完以下補記的一小節，那麼，筆者可以用鋼筆尖，把這三十三號屋中的布幕，完全關起來了。

第十二章　最後的一個小戲法

距離上述事件三個月後，萍村中的「梅」、「柳」兩家，由於那一陣意外的颶風，無形之中，卻把那一對小情人，吹合到了一起。這事件的最後一幕，竟造成了一個「弄假成真」的結果。

這一天，萍村中的梅柳兩家，於新揭幕的金門大酒店，在那九層樓的宮殿型餐廳中，舉行著盛大的訂婚典禮。當時，因為這男女兩家，在社會上都有相當的地位，故而這個宴會，也相當富麗而熱鬧。

當時男女兩家的來賓，雙方集合在一起，那衣香鬢影與珠光寶氣，在歡笑聲中織成了一片狂歡白熱的空氣。這種狂歡的氛圍，維持了相當長的時間，一直到晚宴，還未完全消滅。不過，在這盛大的晚宴上，有一件事情，卻使賓主之間，引起了一點小小的不愉快——記著，這只是很小的一點。可是這很小的一點遺憾，當時也沒使這狂歡的空氣，受到重大的影響——原來，在宴席開張的時節，餐廳中的電燈像遭遇到空襲時的燈火管制似的，忽然全部熄滅。這短促的黑暗，維持了約有兩分鐘之久，等到恢復光明，有幾位太太們，她們的一些名貴飾物，都不見了。

在這一件小小的戲法中，有兩個小小的疑點，很值得注意。

其一：當這些小小的飾物脫離她們的主人時，太太們竟沒有一絲一毫的察覺。呵！這很可怪哪！

其二：那幾件無端「走失」的東西，每件都是價值最高的精品，較次等的貨物就沒有遭到相同的命運。看樣子，那個黑暗中的「伸手者」，分明經過一番很精密的鑑別與挑選。

這些東西，是誰把她們收羅而囤積起來的呢？

有一點是可以確定的，就是：那名黑暗中的剽竊者，無論如何，不出乎許多來賓中之一。

然而，哪一位來賓，會做這件事呢？

你看，男女兩方的與會者，都是那樣衣冠楚楚，氣宇不凡。誰都知道，他們都是社會上有金錢、有勢力、有地位、有聲望的人物，你能懷疑這些人物，會做這種竊盜的事嗎？是啊！即使他們要做或會做，憑著他們優秀的能力，也會用比較體面的方式，而絕不用偷盜的行為，那是無疑的。

經過以上一番合理的推斷，於是，這宴會中的全部來賓，他們都把一種特異的眼光，投射到這大餐廳的某一隅裡。

在朱紅圓柱與描繪著藍地金龍的禮臺一旁，一張雕刻著孔雀形的高背大圈椅內，安閒地，坐著一個人。抓著腿，悠閒地抽著一種氣味強烈的紙菸。

此人身上的服裝，和他眼前所處的環境，有著一種太不協調的色彩。

呵！你看，他身上穿著那套細方格的西裝，已是那樣陳舊；尤其那雙皮鞋，會使擦皮鞋的職業者，對它發出長嘆。他脖子下，繫著一枚蓬鬆的黑色大領結；這雖然可以表示出他的身分，然而就那領結本身而論，也分明告訴人家：這正是舊貨攤上撿來的東西。

總之，從這人外表而論，無論哪一點上，都表示他並沒有一絲絲的資格，可以參加這種盛大華貴的宴會。而且，在場的所有人，立刻發覺那件黑暗中的魔術，毫無疑義，正是此人所表演。可是，說出來是非常奇怪的，他們明明知道此人是一個偷飾物的盜竊者，然而，自男女兩家的家長和訂婚的新郎新娘起，以迄雙方的許多男女來賓為止——甚至連那被竊盜的女賓們也一起在內——他們非但不敢把他們的懷疑，宣之於口，甚至，他們每一個人，都不敢對他失了一絲一毫的尊敬。

呵！以上的情形，未免太怪了！

喂！讀者們，你們試猜，這一位神奇的來賓，他是誰呢？

電子書購買

國家圖書館出版品預行編目資料

三十三號魔屋：一去不復返的「食人」靈宅，追尋詭譎的吞噬真相 / 孫了紅 著 . -- 第一版 . -- 臺北市 : 崧燁文化事業有限公司 , 2023.08
面； 公分
POD 版
ISBN 978-626-357-470-0(平裝)
857.7　　112009414

三十三號魔屋：一去不復返的「食人」靈宅，追尋詭譎的吞噬真相

臉書

作　　者：孫了紅
發 行 人：黃振庭
出 版 者：崧燁文化事業有限公司
發 行 者：崧燁文化事業有限公司
E-mail：sonbookservice@gmail.com
粉 絲 頁：https://www.facebook.com/sonbookss/
網　　址：https://sonbook.net/
地　　址：台北市中正區重慶南路一段六十一號八樓 815 室
Rm. 815, 8F., No.61, Sec. 1, Chongqing S. Rd., Zhongzheng Dist., Taipei City 100, Taiwan
電　　話：(02)2370-3310　　傳　　真：(02) 2388-1990
印　　刷：京峯數位服務有限公司
律師顧問：廣華律師事務所 張珮琦律師

定　　價：250 元
發行日期：2023 年 08 月第一版
◎本書以 POD 印製
Design Assets from Freepik.com